目次

KUMA KUMA
KUMA BEAR
vol.10

くまクマ熊ベアー 10

くまなの

PASH!文庫

ユナ'S STATUS_
名前:ユナ
年齢:15歳
性別:女
クマのフード(譲渡不可)
フードにあるクマの目を通して、武器や道具の効果を見ることができる。
白クマの手袋(譲渡不可)
防御の手袋、使い手のレベルによって防御力アップ。
白クマの召喚獣くまきゅうを召喚できる。
黒クマの手袋(譲渡不可)
攻撃の手袋、使い手のレベルによって威力アップ。
黒クマの召喚獣くまゆるを召喚できる。
黒白クマの服(譲渡不可)
見た目着ぐるみ。リバーシブル機能あり。
表:黒クマの服
使い手のレベルによって物理、魔法の耐性がアップ。
耐熱、耐寒機能つき。
裏:白クマの服
着ていると体力、魔力が自動回復する。
回復量、回復速度は使い手のレベルによって変わる。
耐熱、耐寒機能つき。
黒クマの靴(譲渡不可)
白クマの靴(譲渡不可)
使い手のレベルによって速度アップ。
使い手のレベルによって長時間歩いても疲れない。
くまゆる
くまきゅう
クマの下着(譲渡不可)
どんなに使っても汚れない。
汗、匂いもつかない優れもの。
装備者の成長によって大きさも変動する。
クマの召喚獣
クマの手袋から召喚される召喚獣。
子熊化することもできる。

スキル

異世界言語
異世界の言葉が日本語で聞こえる。

話すと異世界の言葉として相手に伝わる。

異世界文字
異世界の文字が読める。

書いた文字が異世界の文字になる。

クマの異次元ボックス
白クマの口は無限に広がる空間。どんなものも入れる(食べる)ことができる。

ただし、生きているものは入れる(食べる)ことができない。

入れている間は時間が止まる。

異次元ボックスに入れたものは、いつでも取り出すことができる。

クマの観察眼
黒白クマの服のフードにあるクマの目を通して、武器や道具の効果を見ることができる。

フードを被らないと効果は発動しない。

クマの探知
クマの野性の力によって魔物や人を探知することができる。

クマの地図
クマの目が見た場所を地図として作ることができる。

クマの召喚獣
クマの手袋からクマが召喚される。

黒い手袋からは黒いクマが召喚される。

白い手袋からは白いクマが召喚される。

召喚獣の子熊化：召喚獣のクマを子熊化することができる。

クマの転移門
門を設置することによってお互いの門を行き来できるようになる。

３つ以上の門を設置する場合は行き先をイメージすることによって転移先を決めることができる。

この門はクマの手を使わないと開けることはできない。

クマフォン
遠くにいる人と会話できる。作り出した後、術者が消すまで顕在化する。物理的に壊れることはない。

クマフォンを渡した相手をイメージするとつながる。

クマの鳴き声で着信を伝える。持ち主が魔力を流すことでオン・オフの切り替えとなり通話できる。

魔法

クマのライト
クマの手袋に集まった魔力によって、クマの形をした光を生み出す。

クマの身体強化
クマの装備に魔力を通すことで身体強化を行うことができる。

クマの火属性魔法
クマの手袋に集まった魔力により、火属性の魔法を使うことができる。

威力は魔力、イメージに比例する。

クマをイメージすると、さらに威力が上がる。

クマの水属性魔法
クマの手袋に集まった魔力により、水属性の魔法を使うことができる。

威力は魔力、イメージに比例する。

クマをイメージすると、さらに威力が上がる。

クマの風属性魔法
クマの手袋に集まった魔力により、風属性の魔法を使うことができる。

威力は魔力、イメージに比例する。

クマをイメージすると、さらに威力が上がる。

クマの地属性魔法
クマの手袋に集まった魔力により、地属性の魔法を使うことができる。

威力は魔力、イメージに比例する。

クマをイメージすると、さらに威力が上がる。

クマの治癒魔法
クマの優しい心によって治療ができる。

235　クマさん、エルフの村に向けて出発する

ラルーズの街を出発したわたしとサーニャさんとルイミンは、くまゆるとくまきゅうに乗ってエルフの村に向かっている。

ルイミンは腕輪が戻ってきてから、笑顔が増えた。

まあ、それも今の笑顔を見てから気づいたことだ。たぶん、今まで無理に笑っていたんだね。

「もうすぐですね」

ルイミンがくまゆるに乗りながら口を開く。

「本当ね。こんなに早く着けるとは思わなかったわ」

サーニャさんの話では今日中には着くそうだ。

くまゆるとくまきゅうが走る先には大きく広がる森が見える。あの深い森の奥にエルフが住む村があるらしい。

これだけ広いと、クマの地図のスキルがなかったら、間違いなく迷うね。

まあ、迷ったら木の上にでも登って確認する方法があるから、大丈夫だけど。

それだけ、広く、深い森だ。

くまゆるとくまきゅうが森の入り口に到着する。

道らしきものは見えない。

もしかして、生い茂っている中を進むの？　と不安に思っていたら、

「この先に通れる道があるわ」

サーニャさんの言葉に従ってしばらく進むと、馬車一台が通れるほどの広さの道があった。

その道をくまゆるとくまきゅうは並走して進む。

木は生い茂っているが、木々の間から光が射し込んでくるほどの明るさはある。

この先にエルフが住む場所があると思うと楽しみだ。なにか、面白いものや美味《おい》しい食べ物があると嬉しいんだけど。

「でも、懐かしいわね」

「10年でしたっけ」

わたしは尋ねる。

「あまり、覚えてないのよね。エルフはそういうの気にしないから。わたしとしてはそんなに時間は経っていないと思うんだけど」

エルフ感覚なら短いかもしれないけど、わたしからしたら、長い年月だ。

「間違いなく10年です」

「言い切るわね」

「村に帰れば分かります」

ルイミンは断言し、それ以上は教えてくれなかった。

くまゆるとくまきゅうは進む。途中に小さな川があったが、橋がちゃんと架かっていたため、くまゆるたちの水上歩行の出番はなかった。

橋を渡りきった瞬間、違和感を感じた。

体全体が、薄い膜のような魔力に触れた感覚だった。

わたしがその感覚の正体を探るためにキョロキョロと周囲を確認していると、サーニャさんが話しかけてくる。

「もしかして、なにか感じた？」

「橋を渡った瞬間に体全体に変な魔力っぽいものを感じたんだけど」

感じたままに答える。

説明が難しい。

そもそも魔力の膜ってなにって感じだ。

「ユナちゃんは敏感ね。たぶん、結界の中に入ったのを感じたのね」

「結界？」

「普通は結界の中に入ったことは感じ取れないものなんだけど。感じ取れるのは、この結界を作ったわたしたちぐらいなものじゃないかしら？」

「うぅ、わたしは分かりませんでした」

どうやら、エルフであるルイミンでも、気づかなかったらしい。

「どうして、ユナさんは分かるんですか？」

考えられることは、クマさん装備。そのおかげで感じられたんだろう。脱げばそんなものは感じることはできないはず。

「ちゃんと結界は発動しているみたいね」

「でも、たまに魔物が入り込んでくるの。お爺ちゃんが言うには結界が弱まっているんじゃないかって」

「わたしには分からないけど、お爺ちゃんが言うならそうなのかな？」

「お爺ちゃんって村の長《おさ》をしているんだっけ？」

「ええ、お爺ちゃんは優しいから、ユナちゃんのことも歓迎してくれるわよ」

結界の中に入った後も、くまゆるとくまきゅうは道なりに進む。

道は馬車一台分の幅しかないけど、ちゃんと先へ続いている。

まだ、着かないのかな？

川を渡って、かなり進んだと思うんだけど、まだ着かない。

くまゆるとくまきゅうが走ればすぐに到着するかもしれないが、森にいる動物を驚かせないためにサーニャさんに走らないように言われたので、くまゆるとくまきゅうは、ゆっくりと進んでいる。

わたしはクマの探知スキルを使って、エルフの村が近くにないか確認する。近くにあれば人の反応があるはずだ。

えっ、なに？

探知スキルには、わたしたちの周りに人が4人いると表示されていた。

左右に2人ずついる。

反応はわたしたちの移動に合わせて動いている。

もしかして、つけられている？

反応があるほうを見てみるが、隠れているのか、見当たらない。

考えられるのはエルフだけど、なんで後をつけたりするのかな？

わたし一人なら、まだ理由は分かるけど、こっちにはサーニャさんもルイミンもいる。後をつける必要性が分からない。

別に襲いかかってくるわけでもなく、一定の間隔でついてくる。なにか理由があるにしろ、落ち着かないことには変わりない。

その反応の一つが後ろに移動する。さらにもう一つが右斜め前に移動する。

これで、左右、後ろ、右斜め前となった。囲まれた。

「サーニャさん」

「なに？」

「エルフたちに囲まれているみたいなんだけど。もしかして、わたしのせい？」

　2人はわたしの言葉に驚いたように目を大きくする。

「ユナちゃん、気づいていたの」

「そ、そうなんですか！」

　サーニャさんは気づいていたらしい。でも、ルイミンは気づいていなかったらしく、周りをキョロキョロと見回す。

「ユナちゃんは凄《すご》いわね。普通は気づかないはずなんだけど。つけている者はまだまだってことね」

　さすがに、探知スキルのおかげとは言えない。

　探知スキルがなければ尾行には気づかなかった。

「わたしでも集中して、やっと感じ取れるくらいなのに」

「これって大丈夫なの？」

「わたしたちがいるから大丈夫よ」

「でも、4人もついてくる必要はあるの？」

「ユナちゃん、人数まで分かるの!?」

　あっ、ミスった。

　探知スキルに反応がある人数をそのまま言ってしまった。サーニャさんは、なんとなく気づいた程度に思っていたらしい。それを人数まで言い当ててしまったから、驚いている。

ちょっと、ミスったね。

「人数が分かるってことは、どこにいるかも分かるの？」

答えてもいいのだろうか。

でも、すでに人数を言い当ててしまったから、嘘《うそ》をついても意味がないよね。

「左右に2人と後方に一人、右斜め前に一人」

「本当なんですか⁉　わたし全然分かりません」

ルイミンは左右を見たり、後ろを見たり、右斜め前を見たりしているが、分からないみたいだ。

わたしだって探知スキルのおかげだ。なければ分からない。

「たぶん、くまゆるちゃんとくまきゅうちゃんがいるからね。わたしたちがクマに乗って現れたから驚いたんだと思うわ」

「いきなり、攻撃をしたりしてこないよね？」

「大丈夫よ。ユナちゃんは心配性ね」

そう言うと、サーニャさんは森のほうへ視線を移し、

「ラビラタ！」

誰かの名前を森の中に向けて叫んだ。

しばらくすると、斜め前の木が揺れ、葉がパラパラと落ちてくる。

その木の上には男性のエルフが立っていた。

「気づいていたのか？」

男が声をかけてくる。

イケメンエルフだ。

エルフって基本、美男美女が多いってイメージがあったけど、その考えは正しいかも。サーニャさんも美人だし、ルイミンも可愛《かわい》らしい。そして、木の上にいるエルフもイケメンだ。

「ラビラタ、久しぶりね」

「ああ、でも、よく俺がいるって気づいたな」

「この森の監視はあなたの仕事でしょう」

「そうだったな。それにしてもどうして、クマになんて乗っているんだ？」

ラビラタと呼ばれたエルフはわたしたちが乗っているくまゆるとくまきゅうを見る。

「可愛いでしょう。もし、この子たちを心配しているなら大丈夫よ」

「そっちのクマもか」

ラビラタはわたしのほうを見る。

「あなたの目には危険に見えるの？」

「……見えないな」

「それじゃや、付き纏《まと》うのはやめてくれる？」

「……分かった。先に村に戻って報告をしておく」

ラビラタは少し考えてから返答した。

「他の3人にも言っておいてね」

ラビラタはサーニャさんの言葉に顔色を変える。

「サーニャ、おまえそこまで気づいていたのか!?」

「左右に2人、後ろに一人」

サーニャさんは微笑《ほほえ》みながら、わたしが教えてあげたことを、そのまま口にする。

その言葉にさらにラビラタは驚く。でも、すぐにネタばらしをする。

「まあ、気づいたのはそのクマの格好をしたユナちゃんだけどね。付け回されて、気分が悪いからやめてほしいそうよ」

サーニャさんがわたしのほうを見る。

「ちょっ……」

わたしはそこまで言っていない。

つけられているとは言ったけど、気分が悪いとは言っていない。襲われる心配をしただけだ。

「そのクマが気づいたのか?」

ラビラタがわたしのことを観察するような目で見る。

「ユナちゃんはこんな可愛らしい格好をしているけど、喧嘩《けんか》を売ってもムダだからね」

「そんなことはしない。分かった。3人も引きあげさせる。それでいいな」

「お願い。あと、この子たちと一緒に行くから、驚かないように言っておいて」

サーニャさんは乗っているくまゆるを撫《な》でる。

「分かった」

ラビラタは一言だけ言うと森の中へと消えてしまった。

まあ、探知スキルを使っているから、離れていく様子は分かるんだけどね。

そして、笛の音だろうか、小さな音が鳴ると、わたしたちの周辺にいた3人も移動し始めた。

ちゃんと約束を守ってくれたみたいだ。

「それじゃ、わたしたちも行きましょう」

「サーニャさん、さっきの人は？」

「このエルフの森の番人かな」

「その森の番人が、どうして、わたしたちの後を付け回すの？　サーニャさんとも知り合いなんだし、わざわざ後をつけなくてもいいと思うんだけど」

「基本、このエルフの森に来るのは商人や旅人ぐらいだからね。やっぱり、くまゆるちゃんとくまきゅうちゃん、それにユナちゃんの格好に驚いたんだと思うわ。でも、さっきの会話で危険はないと分かってくれたから、もう大丈夫だと思うわよ」

なら、いいんだけど。

わたしたちを乗せたくまゆるとくまきゅうは進み、森を抜ける。その先には、畑が広がり、家が見えてくる。ついにエルフの村に到着した。

236　クマさん、エルフの村に到着する

村に入るとエルフたちが出迎えてくれる。

先ほどのエルフが連絡をしたから集まったのかな。

本当なら10年ぶりに帰ってきたサーニャさんに視線が行くはずなのに、わたしやくまゆるとくまきゅうに注目が集まってる。子供たちも目を輝かせながらくまゆるとくまきゅうを見ている。

その集まった中から、普通の人間で言えば40歳ぐらいに見えるエルフの男性が歩み出てきた。

「サーニャ、久しぶりだな」

「お爺ちゃん、ただいま」

「ルイミンもよくサーニャを連れて帰ってきてくれた」

その言葉にルイミンは嬉しそうにする。

どうやら、サーニャさんとルイミンのお爺ちゃんみたいだ。でも、お爺ちゃんって、そんな年には見えない。普通の40歳過ぎのおじさんぐらいだ。お爺ちゃんがこんなに若いっ

てことは、サーニャさんの両親はもっと若いってことだよね。

エルフ恐るべし。

「サーニャ、ルイミン！」

「お母さん！」

サーニャさんとお爺ちゃんが話しているところに若い女性のエルフがやってくる。お母さんってことは2人の母親ってことだよね。

それにしても若い。2人に似ていて、お姉さんと言っても違和感はない。

「お義父《とう》さん、お話は明日でもいいですか？　この子たちも遠くから戻ってきたばかりですから」

「かまわないが、その前にそちらの客人の紹介だけはしてもらわないとな」

お爺ちゃんがわたしとくまゆるとくまきゅうを見る。

これは自己紹介をしろってことなのかな？

わたしが口を開こうとしたら、先にお爺ちゃんが口を開いた。

「わしはこの村の長《おさ》のムムルート。すでに知っているかもしれぬがルイミンとサーニャの祖父だ」

先に挨拶《あいさつ》をされてしまった。

「わたしはユナ。冒険者です。サーニャさんには冒険者ギルドでお世話になっています。今回はサーニャさんにお願いして連れてきてもらいました。迷惑にならないようにしますので、しばらくよろしくお願いします」

第一印象をよくするために、丁寧に挨拶をする。

もっとも、クマの着ぐるみを着ているせいで、どのくらい第一印象がよくなるか分からないけど。

「そちらのクマはお嬢ちゃんのクマなのか？」

ムムルートさんは、くまゆるとくまきゅうに視線を向ける。

「わたしの召喚獣のクマです。黒いクマがくまゆる、白いクマがくまきゅうです」

わたしは召喚獣であることを証明するため、くまゆるとくまきゅうを送還する。

すると周りから驚きの声があがる。

子供たちからは「くまさん消えちゃった」と悲しむ声も聞こえてくる。

「分かった。他の者が驚くかもしれんから、なるべく、村の中で召喚しないようにしてほしい」

知らない人が村の中でくまゆるとくまきゅうを見たら驚くと思うので、ムムルートさんの言葉には従う。

「サーニャ、しっかり客人の面倒をみるんだぞ」

「ええ、もちろんよ」

「ユナと言ったな。遠くからよく来てくれた。客人として迎えよう。少し、慌ただしいかもしれないが、ゆっくりしていくといい」

「ありがとうございます」

「サーニャは明日の朝、わしの家に来るように」

「分かったわ」

ムムルートさんは去っていく。それと入れ替わりに、ルイミンが母親を連れてやってくる。やっぱり若くて、そうは見えないけど。

「ユナさん、わたしのお母さんです」

「タリアです。娘がお世話になったようで」

近くで見ても綺麗《きれい》な人だ。とてもではないが2児の母とは思えない。

「ユナです。冒険者をしています。サーニャさんにはお世話になっています」

「礼儀正しい子ね。でも、王都ではそのような服をみんな着ているの？」

タリアさんがわたしの服装について尋ねてくる。

ここは勘違いを解くため、正直に言ったほうがいいよね。

「はい。王都ではみんな着ています」

「ユナさん！　お母さんに嘘《うそ》を教えないでください。あまり、エルフの村から出ないお母さんが、信じちゃうじゃないですか。お母さんも信じないでね。ユナさんのような格好をしている人は一人もいなかったからね」

わたしの渾身《こんしん》の冗談を一瞬で訂正されてしまった。

クリモニアならわたしの店で似たような服を着ている子がいるから、嘘じゃないのに。

だから、一人もいないは間違いだ。

「あら、そうなの。可愛《かわい》らしいのに。ルイミンに作ってあげようかと思ったのに残念」

「そんなのいらないよ。恥ずかしいよ」

今、そんなのいらないって言ったよ。しかも、恥ずかしいとも言ったよ。やっぱり、そんな目でわたしのことを見ていたんだね。

「ユナさんだから、可愛いんです」

褒められている気がしない。

「ふふ、サーニャも面白い娘《こ》を連れてきたわね。遠くから来て疲れたでしょう。詳しいお話は家で聞くわ」

わたしはタリアさんに案内され一家の家に向かう。ルイミンは久しぶりに会えた母親の隣で嬉しそうにしている。

そのあとをサーニャさんもついてくる。母親と久しぶりに会ったんだから、ルイミンみたいに母親に甘えればいいのに。年齢的に恥ずかしいのかな。

しばらく歩くと、周辺の家よりも少し大きい家に到着する。

「少し狭い家だけど、のんびりしていってね」

それは周りの家に対して失礼だよ。

ルイミンはドアを開けると一番に家の中に入っていく。

「ただいま～」

「お姉ちゃん？」

家の中に入ると、奥の部屋からエルフの男の子が顔を出す。たぶん、髪は短いから、女の子ではないはず。でも髪を伸ばせば美少女になるかもしれない。

「ルッカ、ただいま」

「お姉ちゃん！」

ルッカと呼ばれたエルフの男の子はルイミンに名前を呼ばれると小走りでやってくる。

「ちゃんと、いい子で留守番していた？　お母さんにわがままを言っていない？」

「いい子にしていたよ」

ルッカは嬉しそうにルイミンに抱きつく。そして、ルイミンは頭を撫《な》でてあげている。

年齢は7、8歳ぐらいかな。

ルイミンをお姉ちゃんと呼ぶってことはルイミンとサーニャさんの弟なんだね。たしかに似ているかも。

そう思っていると、サーニャさんから、予想外の言葉が出る。

「ルイミン、その子はだれ？」

サーニャさんは少年エルフを見て尋ねる。

「わたしたちの弟《ルッカ》のルッカですよ」

「あなたはこの子が生まれてから一度も帰ってこなかったから、知らないのね」

タリアさんはなかなか家に帰ってこない娘に対して、ため息を吐《つ》く。

どうやら、サーニャさんの知らないうちに家族が増えていたらしい。

ルッカという子が生まれてから一度も帰っていなければ、そりゃ知らないよね。

「ちょっと、弟ができたんなら連絡ぐらい寄こしてよ」

帰らないほうも悪いけど。連絡ぐらいしてあげればいいかなと思ったりしたけど、この場合はサーニャさんが悪いと思う。

「帰ってきたら教えればいいかなと思って。そしたら、全然、戻ってこないから」

サーニャさんは諦めたようにため息を吐く。

ルッカはルイミンから離れるとわたしたちのほうを見る。

「くまさんと知らない人がいる。お姉ちゃん、誰なの？」

ルッカは知らない人が家に入ってきて、少し不安そうにルイミンに尋ねる。

くまさんは間違いなくわたしのことだよね。すると、知らない人はサーニャさんになる。サーニャさんは知らない人と言われて、少し悲しい顔をしていた。

これればかりは、やっぱり10年近くも帰っていなかったサーニャさんが悪い。

「くまさんの格好をしているのはユナさん。王都で知り合ったの。こっちはわたしたちのお姉ちゃんだよ。もう一人お姉ちゃんがいるって話してあげてたでしょう」

「お姉ちゃん？」

サーニャさんはルッカの前に行き、腰を落として目線を合わせる。

「えっと、ルッカ。初めましてだね。わたしはサーニャ。ルイミンのお姉ちゃんで、ルッカのお姉ちゃんでもあるわ。だからお姉ちゃんと呼んでくれると嬉しいわ」

説明を受けたルッカは少し悩んで、恥ずかしそうにサーニャさんのほうを見て口を開く。

「サーニャお姉ちゃん？」

「うん」

サーニャさんはお姉ちゃんと呼ばれて嬉しそうにする。

わたしだってクリモニアに帰ればお姉ちゃんって呼んでくれる妹や弟がたくさんいるから羨《うらや》ましくはない。孤児院の子供たちやフィナは元気にしているかな。夜になったら、クマフォンを使ってフィナに到着したことを報告しよう。

わたしもルッカに挨拶をする。

「わたしはサーニャさんにお世話になっているユナ。よろしくねルッカ」

「うん」

ルッカは恥ずかしそうにルイミンの後ろに隠れてしまった。

挨拶を終えたわたしをルイミンが奥の部屋に案内してくれる。

「でも、まさか、弟が生まれているとは思わなかったわ。ルッカ、何歳になるの？」

サーニャさんはルッカに尋ねる。

「……8歳」

「だから、お姉ちゃんは10年は戻っていないんだよ」

これはれっきとした家に帰っていない証拠だね。これほど、はっきりした証拠はない。

最低でも8年は帰っていないことになる。

「でも、これで未来の長の誕生ね。よかったわ」

「お姉ちゃん、長になるのが嫌で、村を出ていっちゃったんだよね」

そんな理由で村を出たのか。

「別にそんな理由で出ていったんじゃないわよ。外の世界を見たかっただけよ」

「それで、10年も帰ってこなかった娘は、村に戻ってくるつもりはあるの？」

タリアさんが飲み物をお盆にのせてやってくる。

それを見たルイミンがお手伝いをして、みんなにコップを配る。

「お母さん……」

「どうなの？　そろそろ、結婚して子供でも」

「結婚はまだ早いわよ。それに今は仕事が楽しいからね」

そうやって人は婚期を逃していくと聞くけど、長寿のエルフなら関係ないのかな。

「……これは、あと数十年は待たないといけないかしら？」

タリアさんは頰《ほお》に手を当てながらため息を吐く。

数十年って、長いよ。長すぎるよ。これだからエルフは。

「でも、ルッカがいるから、わたしが子供を産まなくても大丈夫でしょう」

「そうかもしれないけど。わたしも早く孫が見たいのよ。ルッカがあなたみたいに育ったら、あと100年は待たないといけないでしょう」

だから、長いよ。

「もっと早くでも大丈夫でしょう」

「いやよ。そんなに早くお嫁さんに渡すなんて」

タリアさんはルッカを抱きしめる。

もう、どこからなにを突っ込んでいいのか、分からないよ。時間感覚が違いすぎる。

「それなら、ルイミンがいるでしょう」

「お姉ちゃん！　わたしに振らないでよ」

「ルイミンは結婚できるかしら？」

「うぅ、お母さん酷いよ」

「僕がお姉ちゃんと結婚してあげるよ」

「ルッカ～、ありがとう」

ルイミンは嬉しそうに弟を抱きしめる。

「姉弟じゃ結婚はできないわよ。だから、ルッカはお母さんと結婚を」

「母親ともできないわよ！」

最後はサーニャさんが叫ぶ。

この家族、ルイミンまで、ボケに回ると収拾がつかなくなる。サーニャさんがいなかったら、突っ込み役が誰もいないんだけど大丈夫なのかな？

それともここにはいない、父親が突っ込み役なのかな？

237　クマさん、サーニャさんの家にお邪魔する

「それで、結界のほうは大丈夫なの？」

サーニャさんは帰ってくることになった原因についてタリアさんに尋ねる。

「たまに魔物が入り込んでくるけど、今のところは大丈夫よ」

「でも、結界が弱まっているというのは本当なのね」

「ええ、数か月ほど前から魔物が結界の中に入り込むようになったわ。まあ、入り込んだといっても数日に一匹や2匹程度なんだけど、最近は少しずつ結界に入ってくる頻度が増え始めているわ。だから、お義父《とう》さんは結界の張り直しを決意して、あなたを呼び戻したのよ」

結界が弱まっていると聞いたときは、大事になっている可能性も考えていたけど、それほど緊急なことではないみたいだ。

これなら、落ち着いてエルフの村の探索ができそうだ。

「それじゃ、被害は出ていないのね」

「今のところは被害はないわ。アルトゥルたちが交代で村の周辺の見回りをしているから

ね。ただ、子供たちには遠出は禁止しているくらいね」

タリアさんがルッカを見ながら言う。

たしかに、魔物が出る可能性があるなら、子供を遊びに行かせられないよね。

フィナなんて、魔物がいる森に一人で薬草を探しにいって、危険な目に遭っている。身を守ることができない子供を危険な場所から遠ざける理由は理解できる。

「それじゃ、早めに結界を張り直さないといけないわね。いつごろやるか決まっているの？」

「それは明日、お義父さんから話を聞いて。詳しいことはあなたが帰ってきてから決めると言っていたから」

結界はそんな簡単に張り直せたりするものなのかな？

ゲームや漫画とかだと、いろいろとアイテムを集めたりして、大変な場合が多いけど。

話を聞いていると、そんな感じは受けない。

それなら、結界を行う儀式か、魔法か、分からないけど、見学させてもらうことはできるかな。ゲームだと、大きな魔法陣が出て、感動するシーンが思い浮かぶ。

せっかくここまで来たのだから、結界を作るところも見てみたい。

でも、エルフの秘術みたいなことを言っていたからダメかな？

「それでユナちゃんだったわね。娘が2人ともお世話になったみたいね」

タリアさんがわたしのほうを見る。

「いえ、そんなことは」

わたしが否定しようとすると、

「本当にユナちゃんが一緒で助かったわ。ユナちゃんがいなかったら、こんなに早く戻ってくることはできなかったし、快適な移動にはならなかったわ」

「はい、ユナさんのクマさんは速かったです」

たしかにくまゆるとくまきゅうがいなければ、こんなに早く来ることはできなかった。

「あの、クマね」

あの場にいなかったルッカだけは意味が分からないので、ルイミンに尋ねている。

「ラビラタから『サーニャとルイミンがクマに乗って帰ってきた』と言われたときは、お義父さんと一緒に首を傾《かし》げたわ」

まあ、娘がクマに乗って帰ってきたと聞けば、首の1つや2つは傾げるかな。

「でも、実際に娘たちはクマに乗っているし、ユナちゃんの姿はクマだし、いろいろと驚いたわ」

後ろから「僕も乗ってみたいです」「それじゃ、あとでユナさんにお願いしようね」ってルッカとルイミンの会話が聞こえてくる。

まあ、頼まれれば断る理由もないからいいんだけど。

「たいしたお礼はできないけど、好きなだけうちに泊まっていってね」

それは嬉しい申し出だけど、できればクマハウスを建てたいところだ。

クマハウスがあればクマの転移門も置けるし、周りを気にせずにクマフォンを使ってフィナと話もできるようになる。

できれば目立ちたくないから、村の端か、森の奥のあたりがいいな。

「サーニャさん、わたしの家を建てることはできる？　できれば、目立たない場所がいいんだけど」

「ユナちゃんの家ね……、たぶん、大丈夫だと思うけど、そのあたりはお爺ちゃんに一応許可をもらわないとダメね」

お爺ちゃんってことはさっき会った、ムムルートさんだっけ。まあ、家を建てるなら、長《おさ》の許可が必要だよね。

「それじゃ、ユナちゃん。明日は一緒にお爺ちゃんのところに行きましょう」

「いいの？　大事な話があるんじゃないの？」

「平気よ。話を聞くだけだから。だから、今日はわたしの部屋に泊まるといいわよ」

「あなたの部屋は無理よ」

タリアさんがサーニャさんの提案をいきなり却下する。

「どうして？」

「だって、物置場になっているんですもの」

「……なんで、そんなことになっているのよ！」

「10年も帰ってこないんですもの。ああ、でも、ベッドはそのままになっているから大丈夫よ。布団だけは新しくしておいてあげたから、寝ることはできるわよ」

タリアさんの笑顔に、サーニャさんは立ち上がって駆け出していく。

そして、奥からサーニャさんの叫び声があがる。

「えっと、狭いけど、ユナさんはわたしの部屋で寝てください」

サーニャさんの部屋の状況を把握しているらしいルイミンが申し出てくれる。

サーニャさんは戻ってくるとタリアさんに文句を言い始めるが、タリアさんは涼しい顔で言い返す。

「それなら、一年に一回は戻ってくることね」

「そんなの無理に決まっているでしょう」

「それじゃ、このまま村にいるのもいいかもね。うん、いい考えね」

「お母さん……」

サーニャさんは肩を落として疲れた様子だ。

クマの転移門を使えば可能だけど、普通は王都でギルドマスターをしているサーニャさんが簡単に行き来できる距離じゃない。

そんな話をしているとドアが開く音がする。部屋に入ってきたのは20代前半ぐらいの細身の男性エルフだった。

「ルイミン、サーニャ」

「お父さん」

ルイミンが部屋に入ってきた男性をお父さんと呼ぶ。

うん、知ってた。

ルッカが未来の長なら、兄はありえないもんね。

なんだろう、家族が全員集まったけど、この異様な家族風景は。全員が兄弟姉妹にしか見えない。

「サーニャ、久しぶりだな」

「うん、ただいま」

「ルイミンも無事にサーニャを連れて戻ってきてくれてよかった」

「だから、わたしは大丈夫だって言ったでしょう」

ルイミンは胸を張って答えるが、ルイミンが王都に来るまでのことを知っているわたしとしては突っ込みたくなる。

王都で迷子になっていたとか、お腹《なか》を空かして倒れていたとか、大切な腕輪を売ってしまっていたとか、わたしが知っているだけでもいくつもある。たぶん、わたしが知らないルイミンの苦労話はまだあると思う。

まあ、必要とあればサーニャさんが話すだろうし、わたしは黙っておくことにする。

しかし、ルイミンもよく胸を張って言えるものだと感心する。

「サーニャも変わりないようだな」

「そう簡単に変わらないよ」

「でも、戻ってきてくれて助かった」

「さすがに結界が弱まっていると聞けばね」

父親は座っているサーニャさんの頭に手を置くと、サーニャさんは恥ずかしそうにその手を振り払う。

そして、父親はわたしのほうに視線を向ける。

「それで、そちらが一緒に来たクマの格好をしたお嬢さんか」

「ユナです。このたびはサーニャさんについてきました」

わたしはサーニャさんの父親と改めて挨拶《あいさつ》をする。

名前はアルトゥルさん。サーニャさん、ルイミン、ルッカの父親だ。兄と言われても違和感がないほど、若い。

先ほどタリアさんが言っていたアルトゥルって人はタリアさんの夫だったみたいだ。

「それにしても本当にクマの格好をしているんだな。ラビラタから聞いたときは、そんなバカなと笑ったが」

はい、クマですよ。笑ってください。

実際にクマの格好だから反論することはできない。

「なんでも、ラビラタたちの尾行に気づいたとか。ラビラタが悔しそうにしていたぞ」

アルトゥルさんは笑いだす。

探知スキルのおかげとは言えない。

「わたしも気づいていたわよ」

「方角も人数もか？」

「それは……」

「なんでも、そっちのクマのお嬢ちゃんは人数や方角まで言い当てたそうじゃないか」

なんか、探知スキルのせいで、大事になっている。

口は災いの元だね。

「ユナちゃんは優秀な冒険者だからね」

そんなにわたしを持ち上げないでもらえるかな。クマの着ぐるみがなければ普通の女の子以下だよ。

「それはわたしの召喚獣が気づいてくれたおかげです。わたしが凄《すご》いわけじゃないです」

「そういえばクマの召喚獣がいるって聞いたな」

とりあえず、いつもどおり、探知関係はくまゆるとくまきゅうのおかげとしておく。

「そうだったのね。それにしても、本当にユナちゃんの召喚獣のクマは凄いわね」

サーニャさんも納得してくれたみたいだ。

まあ、嘘《うそ》は言っていない。くまゆるとくまきゅうもわたしと同じようなことはできる。

「でも、最近ラビラタのやつも慢心していたようだから、ちょうどいい薬になっただろう」

わたし、あの人に恨まれたりしないよね。

「まあ、なにもないところだが、ゆっくりしていってくれ」

それから、ルッカにくまゆるとくまきゅうを紹介してあげる。ルッカは初めは緊張しながら近寄ったけど、くまゆるとくまきゅうに触れると嬉しそうに撫《な》でまわし、背中に乗ったりする。それを見ていたルイミンも一緒に遊び始める。

その間に、わたしはと言えば、サーニャさんの部屋を片付けるのを手伝うことになった。

サーニャさんの部屋はベッド以外の場所には荷物が山積みになっていた。

たしかにこれじゃ、物置だね。

「ベッドの上は頑張って片付けておいたのよ」

タリアさんは自慢げに言う。

たしかにベッドだけは綺麗《きれい》になっている。

でも、他の場所は……。

「帰ってくるって分かっているんだから、全部片付けておいてよ」

「布団は新しくしておいてあげたわよ」

タリアさんは言うだけ言うと出ていく。

「ユナちゃん、ごめんね」

そんなわけで今はサーニャさんのお部屋を片付け中だ。

「サーニャさん、庭に小さい倉庫を作っておいたよ」

「ありがとう。助かるわ」

サーニャさんの部屋にあった荷物は、わたしが庭に作った倉庫に運ぶ。

わたしが倉庫を作るとタリアさんも自分の部屋から荷物を持ってくる。

まあ、荷物を入れるために作ったからいいんだけど。

これじゃ、この倉庫もすぐにいっぱいになりそうだね。

「タリアさんって、少し変わっていますね」

「昔からああなのよ。もう少ししっかりしてくれると嬉しいんだけど。ああ、その荷物はわたしのだから、この部屋に置いておいて」

わたしはサーニャさんの指示で庭の倉庫へ運ぶため、いったんクマボックスに荷物を入れていく。荷物の山だった部屋がどんどん片付いていく。

いったいサーニャさんの部屋にあった箱には何が入っていたのかな。あっちには壺《つぼ》なんかも転がっている。

とりあえず、不要なものは適当にサーニャさんの部屋に押し込んだって感じだ。

わたしは部屋の中の不要なものを全てクマボックスにしまうと、外の倉庫へ向かう。

「ユナちゃん、倉庫の片付けはお母さんにやらせるから、適当に置いておいて」

わたしは言われたとおりに荷物を適当に出して、サーニャさんの部屋に戻る。部屋はすっかり、綺麗になった。

「ユナちゃん、ありがとう。これで、やっと寝られるわ」

ベッドに倒れ込むサーニャさん。

わたしはルイミンのところで寝ようとしたが、ルッカに取られ、結局サーニャさんの部屋で寝ることになった。

238　クマさん、エルフの長、ムムルートさんに会いにいく

翌朝、わたしとサーニャさんは朝食を食べ終わると、この村の長《おさ》であり、サーニャさんの祖父のムムルートさんのところに向かう。

サーニャさんは結界についての話を聞くために。わたしはクマハウスの許可をもらうために。

外に出るとサーニャさんに気づいた人たちが近寄ってくる。

「サーニャ、帰ってきたのね。そっちの子がクマの格好をした女の子ね」

わたしのほうを見るので、軽く頭を下げて挨拶《あいさつ》をする。

「黒いクマと白いクマはいないんだね」

「ムムルートさんから、なるべく村の中では出さないように言われたので」

わたしが説明すると、少し残念そうにされる。

そんなふうに村の人たちと挨拶をしながら、ムムルートさんの家の前に着いた。

ムムルートさんの家はサーニャさんの家からそれほど離れていない場所にあった。家の

大きさはサーニャさんの家とさほど変わりはない。家に住んでいるのは祖父母の2人だけという。

「お爺ちゃん、来たよ」

サーニャさんはノックもせずにドアを開けて家の中に入っていく。

いいのかなと思いつつも、わたしも家の中に入る。

家の中からは反応がない。でも、サーニャさんは勝手に奥の部屋に向かっていく。

田舎だとこんな感じなのかな。とりあえず、わたしもついていく。

奥の部屋に行くとムムルートさんが大きな敷物の上に胡座《あぐら》をかいていた。その横にはムムルートさんと同じぐらいの年齢の女性エルフが座っている。

「サーニャか。それと昨日のクマのお嬢ちゃんも一緒か」

「お婆ちゃん、ただいま」

お婆ちゃんというが、そんな年には見えない。ムムルートさんと同じく40代ってところだ。

お婆ちゃんはサーニャさんが来たことに嬉しそうにしている。

「おかえり。そっちは噂《うわさ》のクマのお嬢さんだね」

「ユナです」

軽く頭を下げて挨拶をする。

「わたしはベーナ。本当にクマの格好をしているんだね。それじゃ、わたしはお茶の用意

しまう。


をしてくるわね」

お婆ちゃん（には、全然見えない）は立ち上がって、奥の部屋に行ってしまう。

「それで、どうしてクマのお嬢ちゃんが一緒にいるんだ？」

わたしはムムルートさんに会いに来た理由を説明する。

「この村に住むのか？」

「ユナちゃんは移動式の家を持っているのよ。それを置かせてほしいみたい」

とりあえずは一時的に置かせてもらうつもりだ。

「サーニャの家ではダメなのか？」

「自分の家があるといろいろと便利なんです」

結局、昨日はクマフォンを使うタイミングがなく、フィナに連絡することができなかった。

それに自分の家じゃないと落ち着かないのもある。

だから、できればクマハウスを建てたい。

「村の端でも、結界の隅っこでもいいので、置かせてもらえませんか？」

わたしのお願いにムムルートさんは顎《あご》を擦《さす》りながら考え込む。

個人的には村の中でなく、結界の隅のほうが望ましい。

「ユナちゃんは見た目は変わっているけど、とてもいい子よ。わたしも何度も助けられているし、ルイミンもお世話になっているわ。ユナちゃんのことはわたしが保証するし、もしユナちゃんが村に迷惑をかけるようだったら、わたしが責任を持つわ」

サーニャさんがムムルートさんを説得してくれる。

わたしを信用してくれるのは素直に嬉しい。サーニャさんやこの村に住むエルフに迷惑をかけるつもりはない。

「嬢ちゃんは、どうして、ここに？」

「ここに来たのはわたしたちエルフがどんな場所に暮らしているのか興味があっただけみたいよ」

「物好きな娘もいたもんだな」

「ただ、注意したほうがいいこともあるわ」

「注意だと」

ムムルートさんの目つきが変わる。

サーニャさん、何を言うのかな。わたしはサーニャさんに「変なことは言わないで」と目で訴える。だけど、わたしの訴えは通じない。

「ユナちゃんは非常識の塊だから、行動の一つ一つに驚かされるわよ」

サーニャさんは笑いながらムムルートさんに伝える。

うぅ、そんなに非常識なことをしているかな？　……少し自分のしてきたことを思い浮かべてみる……している のかも？

「非常識か。気をつけよう」

そう言うとムムルートさんはわたしのほうを見る。

「分かった。自由に建ててかまわない」

「ありがとうございます」

どうにか、クマハウスの設置の許可はもらえてよかった。

サーニャさんのせいで、変な子扱いになったけど、無事に許可が下りてよかった。

「それで、どこに建てたらいいですか？」

「どこでもいいが、近隣の家には迷惑がかからないようにしてくれ」

「はい」

わたしの話は終わったので、部屋から出ていこうとしたがムムルートさんに止められる。

「お茶も用意している。それに王都でのサーニャの話が聞きたい。サーニャとの話はすぐに終わるから待っていてくれ」

「わたしがいてもいいの？」

「大丈夫だ。わしたちの話を聞いても、クマのお嬢ちゃんでは理解はできない」

それって、わたしがおバカさんって意味なのか、それともエルフに関わることだから、理解ができないってことなのかな。

まあ、いてもいいならいることにする。

結界の話や、村の現状が聞けるなら、こちらとしてもありがたい。情報は大切だからね。

サーニャさんのお婆ちゃん（見えない）がお茶と果実を持ってきてくれて、いただきながら話を聞くことにする。

「ソレデサーニャ、オマエハドコマデキイテイル？」

「ルイミントオカアサンカラキイタテイドダケド」

うん？　2人が話し始めたと思ったら、会話が聞き取りにくくなった。

ちゃんと、耳掃除はしているんだけどな。

意味はないけど頭を振る仕草をしてみる。

「ソウカ、これは一部の者しか知らないことだが、かなりの魔物が結界の中に入り込んでいる」

「そうなの!?」

ちゃんと聞こえてくる。

帰ったら、耳掃除が必要かな？

それにしても、昨日タリアさんから聞いた話とは少し状況が違うみたいだ。

「だから、ラビラタたちが村の周辺を警戒している。おまえたちが帰ってきたときも護衛をしていた」

ああ、わたしが怪しいから、後をつけていたんじゃなかったんだ。

それじゃ、付け回されて気分が悪いとか言ったのは悪かったかな。

いや、言ったのはサーニャさんで、わたしじゃない。まあ、心の中で思ったけど。

「そんなに危険な状況なの？」

「ああ、結界の綻《ほころ》びが大きくなっているようで、魔物の数が徐々に増えている」

やっぱり、危険な状態だったんだ。

「それで、結界を張り直せばいいのね」

サーニャさんの言葉にムムルートさんは首を横に振る。

「初めは単純に結界を張り直せばいいと思っていたが、そうもいかなくなった」

「どういうこと？」

「結界の魔力の源となっている神聖樹が寄生樹に取りつかれた」

「神聖樹が寄生樹に⁉」

サーニャさんが驚きの声をあげる。

神聖樹？　なにそれ？　ゲームや漫画に出てくるようなファンタジーみたいな名前の木が出てきたよ。

でも、その木が寄生樹に取りつかれた？

たしか、ゲームでは寄生樹は、植物の魔物だった記憶がある。

森などの木に寄生して栄養を吸い取って成長する。見た目は木にツルが巻きついているだけなので、寄生樹とは判別できない。

そして、寄生樹は近づいてきた人、動物、魔物などの獲物を長いツルで巻きつけて捕食する。

「声を抑えろ」

「ごめんなさい。それで本当なの？」

「気づいたのはルイミンにおまえを呼びに行かせてからだ。たぶん、前から取りつかれていたのだろう。でも、それに気づくことができなかった」

「寄生樹って、どこから？」

「鳥が種を運んできたのかもしれぬ。原因がなんにしろ、寄生樹に取りつかれたのには変わりない」

「そうね。それで、その寄生樹はお爺ちゃんとお父さんでも倒せないの？」

「もっと、早く気づいていれば、わしとアルトゥルの2人で対処もできたのだろうが、時は遅く、寄生樹が成長したあとだった。わしが安易に結界が綻びたぐらいに思っていたのが原因だ。神聖樹は関係ないと思い込んでいた」

「でも、一応、確認はしたんでしょう」

「そのときは寄生樹の影響を受けた様子はなかった。だから、おまえが来てからでよいと思っていた。だが、ルイミンを行かせてからしばらくすると、エルフの森に魔物が入ってくる数が日々増えだした。それで再度、神聖樹を確認したら」

「寄生樹が……」

「もう、時すでに遅かった」

「話は分かったわ。それで、どうするの？　結界を張り直すこともできないし。そもそも、寄生樹を倒さないと、村が大変なことに」

「結界を解く。そして、村の戦える者を集めて寄生樹を倒す」

ムムルートさんは力強く言う。

「そんな大変なことになっていたのね」

わたしも予想外だ。

「ルイミンが出ていったあとに知ったから、ルイミンはあまり慌てた様子はなかったのね」

まあ、状況が悪ければ、ルイミンにサーニャさんを呼びに行かせようとは思わないよね。

「ルイミンにはよい経験になると思ったんだがな」

「それは間違いなく、よいことも、悪いことも経験はできたみたいよ」

うん、できたね。サーニャさんは両親にもムムルートさんにも腕輪のことを話そうとはしない。優しいお姉さんだ。

だけど、神聖樹ってなんだろう？

名前からして、いかにも伝説の木っぽいけど。分からないことは尋ねればいい。

「サーニャさん、神聖樹ってなに？」

「神聖樹はわたしたちエルフを守ってくれている大きな木のことよ。莫大な魔力を保有していて、森全体に魔物が入ってこないように結界を張るために、力を借りているの」

「そうなんだ」

魔力を持っている大きな木って、本当に伝説の木みたいな木なんだね。

「でも、どうしてわざわざ結界を解くの？」

「ああ、それは神聖樹を守る結界が別に張られているの。村を含めた森全体には魔物を呼び寄せない結界。神聖樹には人を近寄らせない結界が張られているの。その神聖樹の結界に入れるのはお爺ちゃんとお父さん、わたしの3人だけなの……」

ああ、つまり結界は2つあって、神聖樹を守る結界は、サーニャさんたち3人しか入れないのか。やっと話が理解できた。

「……ちょっと、待って」

サーニャさんが驚いた表情でわたしを見ている。いや、ムムルートさんもだ。

「ユナちゃん、わたしとお爺ちゃんの言葉が分かるの？」

「分かるけど」

なにを言っているのかな。もしかして、2人の会話が理解できないバカな子と思われている？

「嬢ちゃん、エルフの言葉を理解できるのか？」

エルフの言葉？　それってエルフ語ってこと？

驚く2人の様子を見ると、どうやらエルフ語で話していたようだ。

だとすればたぶん、エルフ語が理解できたのはスキルの異世界言語が原因だ。異世界言語ってエルフ語も理解できるみたいだ。これは失敗したかもしれない。でも、ここで分からないと嘘《うそ》をついてもしかたない。

「うん、黙っていて、ごめん」

「ううん、まさか、ユナちゃんがエルフ語を分かるとは思わなかったから。村では基本標準語で話すんだけど、外部の人に聞かれたくない話をする場合はエルフ語を使うの」

「まさか、嬢ちゃんがエルフ語を理解できるとは思わず、話していたわしらが悪い。エルフ以外でエルフ語を理解できる者はほとんどいないからな」

「だけど、ユナちゃんがエルフ語を理解できるとは思わなかったわ」

はい、わたしも思わなかったです。エルフ語があることも、今、知りました。

ムムルートさんは話を始めるとき、わたしがエルフ語が分からないと思ったから、わたしが話を聞いても理解できないと言ったんだね。わたしがおバカって意味ではなかったんだね。

「わたし、席を外そうか？」

「いや、もういい。遠くから来た嬢ちゃんを不安にさせたくないと思っただけだ。できれば、サーニャの友人として、村で楽しんで帰ってもらおうと思っていた」

気遣いに胸が痛い。

そんな気持ちをスキルのせいで裏切ってしまった。

「それで、寄生樹は倒せるの？」

「村、全員の力を合わせれば可能だと思う。できれば、寄生樹の核となる魔石を見つけて破壊したい。それが、一番早い」

ゲームの寄生樹も核と呼ばれる場所を破壊することで倒すことができた。あれは魔石の位置だったんだね。ゲームなら核を破壊しても魔石が手に入っていたから、心臓ぐらいに思っていた。

　でも、核である魔石を探すのはゲームでは難しかった。ツルで隠れているし、高い位置にあれば見つけるのはますます困難になる。

　だから、ゲームで寄生樹を倒すときは、寄生されている木と一緒に燃やすのが一番楽な方法だった。だけど、今回は寄生樹を燃やすことはできない。

　寄生樹を燃やせば、神聖樹も一緒に燃えてしまう。神聖樹を守るために、神聖樹を燃やしたら意味がない。

　かなり難しいけど、エルフが一丸となって、寄生樹と戦えば寄生樹の核（魔石）を見つけることができるということかもしれない。

「それで、お爺ちゃん。結界はいつ解くの？」

「早いほうがいい。だが、その前におまえにも神聖樹の確認をしてもらうぞ」

「分かったわ」

　サーニャさんは頷《うなず》く。

　わたしも神聖樹を見たいけど、ダメなんだろうな。

　遠くからでもいいから、見させてほしいけど、無理を言って、困らせるのはやめておく。

　ムムルートさんはお茶を飲むと、わたしのほうに軽く視線を向ける。

「それで、クマのお嬢ちゃん。王都でのサーニャの様子はどうなんだ。しっかり働いているのか？」

「お爺ちゃん⁉」

ムムルートさんの言葉にサーニャさんが驚く。

そういえば、わたしが残された理由って、王都でのサーニャさんについて話すためだったね。

「でも、時間が」

サーニャさんが逃げるように時間のことを言う。たしかに急いでいるなら、サーニャさんのことを話している場合ではない。

「あとでアルトゥルが来ることになっている。わしたち2人では危険かもしれぬからな。だから、アルトゥルが来るまで話を聞くことはできる」

「お父さんが？　そんな話は聞いていないけど」

「ちょっとした用事だ。しばらくしたら来る」

わたしはアルトゥルさんがやってくるまで、王都でのサーニャさんの様子を話すことにした。

真面目に仕事をしているところや、冒険者に慕われていることとか、一部から恐がられていることとか。

そのたびにサーニャさんが、「やめて〜」と何度叫んだか分からない。

自分のことを話されるって、恥ずかしいよね。

ちなみに変なことは言っていないよ。サーニャさんがカッコいいところしか話していない。


そして、アルトゥルさんがやってきたのは、わたしたちが昼食を終えたころだった。

昼食にはキノコのスープや山菜の料理をいただいたけど、とても美味《おい》しかった。

山菜は天ぷらにしてもいいし、キノコはピザにも使うことができるし、料理の幅も広がる。

キノコや山菜は素人が取ると危険だからね。手に入れることができれば欲しいところだ。

239　クマさん、エルフの子供たちと遊ぶ

それにしても、スキルの異世界言語がエルフ語まで翻訳してくれるとは思いもしなかった。この世界にどれほどの言語があるか分からないけど、他の種族の言葉も、おそらく理解できるってことになる。便利なスキルだ。言語が分からないと、コミュニケーションをとるのは難しい。

ただ、魔物の言葉や動物の言葉までは理解できないようでよかった。もし、魔物や動物の言葉が理解できていたら、戦うことはできなかったと思う。

話を終えたわたしは長《おさ》であるムムルートさんの家を出る。

「ユナちゃんを一人にさせると不安だけど、あまり騒ぎは起こさないでね」

先ほど、ムムルートさんの前でわたしのことを信じるって言わなかったっけ。

わたしは騒ぎを自分から起こさないようにしている。トラブルは向こうからやってくるのだ。だから、わたしに防ぎようはない。なので、わたしは悪くないと言いたい。むしろやってくるほうをどうにかしてほしいものだ。

サーニャさんはムムルートさんとアルトゥルさんと一緒に神聖樹を確認しに向かう。

サーニャさんと別れたわたしはクマハウスの設置場所を探すことにする。

さて、どうしようかな。どこでもいいとは言われたけど、村の中だと目立って、人が集まってきてしまいそうだ。そう考えると、やっぱり、村の外かな。

ルイミンに村の外で目立たない場所を聞く案もある。

考えながら歩いていると、ルイミンとルッカがいた。その2人の周りにはエルフの子供たちがいる。その子供たちがわたしに気づいたようだ。その子供たちの目が輝いているように見える。嫌な予感しかしない。

子供たちがわたしの周りに集まってくる。

「えっと、ルイミン、これは？」

「ユナさん、ごめんなさい」

ルイミンが困ったような顔をして、現状の説明をしてくれる。

①ルッカは子供たちと遊ぶ。

②ルッカが、くまゆるとくまきゅうのことを子供たちに話す。肌触りがいいとか、毛並みが気持ちいいとか、優しいとか、可愛《かわい》いとか話したらしい。

③そこにルイミンまでが参加する。

④子供たちはくまゆるとくまきゅうに会いたがる。

⑤そこにわたしが現れる。
⑥わたしが子供たちに囲まれる。↑いまココ
なにをやっているかな、この姉弟は。

まあ、危険とか、怖いとか、マイナスイメージを言われるよりはいいけど、褒めすぎも困りものだ。

子供たちがくまゆるとくまきゅうに会いたいと訴えかけている。こんな目をした子供たちを追い返すことはできない。

クマハウスの設置は諦め、くまゆるとくまきゅうを召喚して子供たちの相手をしてあげることにする。

「ムムルートさんから召喚はしないように言われているから、少しだけだからね」

大騒ぎになっても困るので、約束してもらう。

「あと、くまゆるとくまきゅうが嫌がることをしたらダメだからね」

くまゆるとくまきゅうの毛を引っ張ったり、叩いたりするかもしれない。そんなことをされたらくまゆるとくまきゅうが可哀想《かわいそう》だ。

だから、わたしは子供たちに約束させる。

「わたしが見ていますから、大丈夫ですよ」

ルイミンが子供たちの監督役を申し出てくれる。その言葉を信じて、くまゆるとくま

きゅうを召喚すると、歓喜の声をあげる子供と、驚いてルイミンの背中に隠れる子供、さまざまだ。

そんな子供たちをルイミンが面倒をみる。

子供たちは嬉しそうにくまゆるとくまきゅうに触る。どこに行ってもくまゆるとくまきゅうは人気があるね。

そんな中、くまゆるとくまきゅうではなく、わたしのほうに興味を持った子供もいた。

「お姉ちゃん。どうして、クマさんの格好をしているの？」

純粋な子供の目で聞いてくる。

大人のような興味本位ではない。

「それはね。クマさんの加護を受けているからだよ」

嘘《うそ》はついていない。

実際に呪《のろ》いといえるほどの加護を受けている。

「わたしもクマさんの加護を受けることはできる？」

「う〜ん。ちょっと無理かな。エルフは風の加護を受けるから」

「わたし、風よりクマさんの加護がいい」

これはマズイ。

もし、この女の子が家に帰って、親に「わたし、風の加護はいらないから、クマさんの加護が欲しい」とでも言おうものなら、親御さんを困らせることになる。それだけならいいけど、親御さんがクマの加護の取り方を聞きにきたら大変だ。

わたしは、エルフ少女を説得することにする。

「エルフにとって、風の加護は大事なんだから、そんなことを言っちゃダメだよ。みんなが風の加護を持っているのに、自分だけ持っていなかったら嫌でしょう。それにクマの加護を得たら、こんな格好をしないといけないんだよ。大人になったときの自分を想像してごらん。お母さんやお父さんが、わたしみたいな格好していたら、どう思う？」

わたしは一生懸命に説得をする。

そのたびに、わたしのＨＰが減っていくのは気のせいだろうか。

自分を否定する言葉を紡《つむ》ぐたびに、悲しくなっていく自分がいる。

説得のかいもあって、エルフ少女は「分かった。頑張って風の加護を手に入れるよ」と言ってくれて安堵《あんど》する。

わたしの心は折れかかっているけれど、これで女の子の未来は守れたよね。

それから、約束どおりにくまゆるとくまきゅうは送還し、クマハウスの設置場所を探しに行こうとしたけど、ルイミンたちがお礼として村の案内を申し出てくれる。子供たちの気持ちを断ることもできなかったので、その申し出を受ける。

わたしは子供たちを連れて、村の中を歩く。

畑などもあるが、お店みたいなものはないようだ。

「たまに村に来る商人から買ったり、必要なものは街に買いに行ったりしますから大丈夫ですよ」

ルイミンが説明をしてくれる。

村の中には小川が流れていて、子供たちの遊び場になっているようだ。子供たちは小川に来ると楽しそうに遊び始める。

わたしが小川の近くに寄ると、子供たちがわたしに向かって水を飛ばす。

「ああ、そんなことをユナさんにしちゃダメだよ」

ルイミンが子供たちに注意してくれる。でも、クマの着ぐるみは水を弾くので大丈夫だ。

それからもルイミンや子供たちの案内で村を回った。

子供たちと遊んだせいでクマハウスを設置できなかったわたしは、ルイミンの家に戻ってきた。

ルイミンとルッカはタリアさんのところに向かう。わたしは今日も泊まらせてもらうため、サーニャさんの部屋に向かう。

「お帰り」

神聖樹を確認しに行ったサーニャさんがいた。

「サーニャさん、戻っていたの？」

「確認しに行っただけだからね」

だけど、サーニャさんの様子がおかしい。

「それで、どうにかなりそうだったの？」

「お爺ちゃんの言っていたとおりだったわよ。ただ、わたしが思っていたよりも悪いかも」

「どんな状況だったの？」

「試しに寄生樹のツルを切ってみたんだけど、再生速度が速かったわ。寄生樹の魔石を見つけることができればいいんだけど。神聖樹は大きいから、それに寄生する寄生樹も大きくなっているわ。だから、お爺ちゃんの言うとおりに人を集めて戦うしかないわね」

簡単にはいかないみたいだ。

「あの寄生樹を見ていると、燃やしたくなるわね。でも、寄生樹を燃やせば神聖樹まで燃やすことになるから、できないけどね」

やっぱり、ゲームのようにはいかないみたいだ。

「それ以前にわたしたちは火の魔法は苦手だから、寄生樹を燃やすのはそもそも無理かもね」

エルフだから、風魔法が得意なのは分かるけど、火魔法は苦手らしい。

「それなら、わたしも手伝おうか？」

「ユナちゃんが？」

「結界を解けば、わたしも入ることができるんでしょう？」

神聖樹を見てみたい。

「たしかに手伝ってもらえたら、助かるけど。わたしの一存では頼めないわね。一部にはいい顔をしない人もいるかもしれないし。なにより、みんなはユナちゃんの実力を知らないから、余計にね」

まあ、よそ者だし。クマの着ぐるみの格好をした女の子が強いとは思わないのはしかたない。

「もし、手助けが必要だったら言ってね」

「ありがとう。そのときはお願いね」

サーニャさんと約束をする。

「それでユナちゃん、家はどこかに設置したの？」

わたしはサーニャさんと別れたあとのことを説明した。

「ふふ、子供たちに捕まったのね。みんなユナちゃんの格好が珍しいのよ」

どこに行っても、この格好は珍しいと思います。

着ぐるみ姿が珍しくない場所があったら、教えてほしい。

240　クマさん、クマハウスを建てる

翌日、わたしはクマハウスを設置する場所を探すために家を出る。

昨日は子供たちに捕まって、設置することができなかった。

ルイミンとルッカが同行しようとしたが、タリアさんのお手伝いがあるので、ついてくることはできなかった。

サーニャさんは、アルトゥルさんとムムルートさんと今後のことを話し合うため、ムムルートさんの家に出かけていった。

人員、対処法、いつやるか。他の村人にどこまで事情を話すかなど、話し合うことがたくさんあるらしい。

「でも、わたしが来る前に、お爺ちゃんとお父さんとで話していたみたいだから、そんなに大変じゃないわよ」

と言っていた。

わたしは村の子供たちに見つからないように、村の外に出る。

クマハウスは村の中では目立つので、外に設置しようかと思っている。

昨日じゃないけど、子供たちがクマハウスに集まってきてしまうかもしれない。

それに、長《おさ》のムムルートさんからどこでもいいと許可はもらっている。


村の外に出たわたしは適当に森の中を歩く。

う〜ん、どこかにいい場所はないかな。

できれば、日当たり良好、目立たない、結界内、そんな三拍子揃った場所があればいいんだけど。

そんな都合がいい場所を探しながら歩いていると、川に出た。

綺麗《きれい》な川だ。

わたしは鼻歌を歌いながら川沿いを歩く。

川音を聞きながら、上流に向かって歩く。

……困ったことが起きている。

魔物が近くにいる可能性もあるから、探知スキルを使ったら、後ろに人の反応があり、わたしの後をついてくる。

う〜ん、なんでだろう。

別に怪しまれているわけじゃないよね?

それとも、護衛でもしてくれているとか?

走って振り切るのは簡単だけど。そんなことをすれば怪しまれるだけだよね。

う〜ん、どうしたらいいかな。

答えが出ないまま、川沿いを上流に向かって歩いていく。

途中に滝もあるが、その横の崖を忍者のようにジャンプをして上がっていく。

登ったところの先は綺麗な花が咲き広がっている。

おお、いい場所発見。

滝の上から村が見える。走れば時間もかからずに村に向かうことができる。

ここならエルフの村から微妙に離れているし、崖の上にあるから、下からは見えにくい。

問題はわたしの後をついてくるエルフだよね。

探知スキルを使って確認すると、すでに崖の上に登って奥の木の近くにいる。

あの木あたりだよね。

う〜ん、どうしようかな？

悩んだ結果、声をかけることにする。

クマハウスを出すにしろ、驚かれて、変なことを村に報告されても困る。

「あのう、その木の後ろに隠れている人、出てきてもらえますか？」

木に向かって声をかけるが反応がない。

これって傍《はた》から見たらおかしな子に見えない？

木に話しかけている、クマの着ぐるみの図。

どこから見ても恥ずかしい光景だ。

「あのう」

もう一度声をかけてみる。

出てきてほしいんだけど。

数秒反応を待つと、木の後ろから男のエルフが出てくる。

えっと、たしかエルフの村に入ってきたとき、後をついてきていたエルフだ。たしか、ラビラタだっけ？

ラビラタはゆっくりとこちらに歩いてくる。

もしかして、怒っている？

少し目がつりあがっているように見える。

「いつから、気づいていた」

いつからって、探知スキルを使った瞬間ですよ、とは言えない。

だから、召喚獣のくまゆるのおかげで知っていましたよと言おうとしたら、くまゆるとくまきゅうがいないことに気づいた。

うぅ、またミスった。

最近、ミスが多い。

「本当におまえは何者なんだ」

わたしが黙っていると、ラビラタのほうから話しかけてくる。

何者と言われても返答に困る。でも、現状では答えは一つだ。

「冒険者だよ」

そうとしか答えることができない。

「それで、おまえはここで何をしている」

森の中で一人でうろついていたから怪しまれたのかな。

「ムムルートさんから家を建てる許可をもらったから、場所を探しているだけだよ」

「家を建てる？」

まあ、意味が分からないよね。

「ちょっと特殊な家で、村の中だと目立つから、いい場所を探していただけ」

正直に話す。

嘘《うそ》をついてもしかたないし、長のムムルートさんには許可をもらっているから、問題はないはずだ。

それに森の中の見回りをしているラビラタたちにはいずれ気づかれるだろうし、建てた場所は長のムムルートさんには報告するつもりでいる。

「それで、ここに家を建てたいんだけどいいかな？」

一応、尋ねてみる。

もしかしたら、ここはエルフにとって大切な場所かもしれない。

綺麗な花が咲いているし、見晴らしもいい。

「ここか。別にかまわないが、本当にここに家を建てるつもりか？」

「ここは一応結界内なんでしょう？」

「そうだが、おまえも少しは結界のことを聞いているんだろう？」

「結界が弱まっているってことだよね」

「ああ、だから、結界内でも魔物は現れる。客人をこんな村外れに住まわせるのは気が進まない。もう少し村の付近なら、仲間もいるから安全だぞ」

どうやら、わたしのことを心配してくれているみたいだ。

疑われていると思ってしまって、ごめんなさい。

「わたしの家は特殊だから、大丈夫だよ」

わたしはクマボックスからクマハウスを取り出す。

ラビラタの前に2階建てのクマの形をした家が現れる。居室、キッチン、お風呂。そして、フィナがいつでも解体できるように倉庫もある。

「な、なんだ」

クマハウスを見たラビラタは驚きの表情を浮かべる。

「わたしの家だよ。これだと村の中だと目立つでしょう。だから、人目につきにくい場所を探していたんだよ」

「どうして、クマの形をしているんだ？」

誰もがクマハウスを見て思うこと。だけど、ほとんどの人はわたしの格好を見て納得する。

でも、ラビラタは直球で尋ねてきた。

返答はノーコメントにしたいけど。

「クマの加護があるからだよ」

昨日、子供にクマさんの格好について尋ねられたときにした返事を、そのままクマハウスに置き換えることにする。便利な言葉だ。

「クマの加護?」

ラビラタはクマハウスとわたしを交互に見ると、納得したようで、それ以上の追及はしてこなかった。

クマの加護。これだけで納得をしてくれるのは助かるけど、気持ち的には微妙なところだ。

「それに、この子たちがいるから心配はないよ」

少し考えて、わたしはくまゆるとくまきゅうを召喚する。

くまゆるとくまきゅうを見て、ラビラタは再度、驚きの表情を浮かべる。

「召喚獣のクマか。強いのか?」

「強いよ。それに魔物が来たら教えてくれるから、危険もないよ」

ラビラタはクマハウス、くまゆる、くまきゅうを見て、最後にわたしのほうに視線を向けると笑みをこぼす。

「サーニャの奴も、変な奴を連れてきたものだ」

初めてラビラタが笑顔を見せる。

「分かった。長の許可があるならかまわない。ただし、なにかあった場合、我々エルフは責任を持てない。それだけは言っておく」

村から離れた場所に家を建てるんだ、自己責任だ。それを魔物に襲われたからといってエルフのせいにするつもりはない。

「うん、大丈夫。なにかあっても責任を押しつけたりしないよ」

わたしの言葉に納得したのか、ラビラタは村のほうを見る。

「そういえば名乗っていなかったな。俺はラビラタ、今は結界内の監視役をしている。もし、魔物が出たら報告してくれ、すぐに対処する」

なんだかんだで、気にかけてくれているみたいだ。

「わたしはユナ。しばらくお世話になるよ」

サーニャさんから名前を聞いて知っていたが、お互いに自己紹介をしておく。

241　クマさん、フィナに連絡をする

ラビラタが帰ろうとしたとき、くまゆるとくまきゅうが少し顔を上げて「「くぅ〜ん」」と鳴く。

どうしたの？

わたしはくまゆるとくまきゅうが見ているほうに視線を向ける。

空に黒い点が見える。

動いている？

鳥？

くまゆるとくまきゅうが反応するってことは魔物!?

わたしは探知スキルを使う。

魔物の反応が出る。魔物の種類はヴォルガラス。

鷲などよりもひと回り大きい鳥の魔物。

移動速度が速い。数は10。

「どうした？」

わたしの反応がおかしいことに気づいたラビラタが声をかけてくる。

「魔物が来てる」

わたしが指すと、ラビラタも目を向ける。

「オルバル山……。もしかして、ヴォルガラスか！」

ラビラタがわたしが指したほうを見ながら叫ぶ。

たしかにヴォルガラスが飛んでくる方角には山がある。

ってことはあの山にヴォルガラスは棲息しているってことなのかな。

「結界は⁉」

「あの距離では、すでに中にいる！」

ヴォルガラスはもう姿を捉えられる距離まで来ている。

特徴である赤い嘴《くちばし》まで確認できる。

ゲームでは嘴には毒があり、毒を受けると体が麻痺し動けなくなる、少し面倒な魔物だった。

「おまえは隠れていろ！」

ラビラタはわたしに指示を出して、ヴォルガラスを睨《にら》みつける。

「襲ってくるの？」

このまま、違う方向に飛んでいく可能性もある。

「あいつは我々エルフを襲う。だから、下がれ」

ラビラタの言うとおり、ヴォルガラスは滑空しながら、近づいてくる。

しかも、速度を上げている。ラビラタは構えてヴォルガラスを迎え撃つ。

わたしはラビラタの後ろに下がって援護することに決める。

魔物が来るのに逃げるわけにはいかない。けど、ラビラタが戦うのを邪魔するつもりもない。

迫ってくるヴォルガラスをラビラタの風の刃が襲う。だが、固まって飛んでいたヴォルガラスは散開してラビラタの風魔法を躱《かわ》す。

ヴォルガラスはわたしたちを目がけて、四方から襲いかかってくる。

「わたしのことは気にしないで！」

わたしは叫び、自分に迫ってくるヴォルガラスに対処する。

ラビラタは少しだけわたしを見ると、「分かった」とひと言だけ言う。

わたしは自分に迫ってくるヴォルガラスに向けてラビラタ同様に風の刃を放つ。ヴォルガラスは躱そうとするが、先ほどのラビラタの魔法と違って、距離は近く、風の刃は速い。タイミング的に避《よ》けることはできない。

わたしの風の刃はヴォルガラスの体を真っ二つに斬り裂き、さらに近づいてくるヴォルガラスを次々と倒していく。

ラビラタのほうも倒したようだけど、数羽のヴォルガラスが逃げていく。

ラビラタは風の魔法を放つがヴォルガラスには届かない。

「くそ！」

ラビラタは悔しそうに逃げていくヴォルガラスを見送る。

ラビラタは構えを解くと、わたしのほうを見る。

「助かった。ヴォルガラスを倒してくれたことに感謝する」

「でも、数羽は逃げられちゃったよ」

「大丈夫だ。他に見回っている者もいる。ヴォルガラスぐらいなら、不意打ちでもない限り倒せる」

たしかに、魔法さえ命中すれば倒せない魔物ではない。魔法が使えない者には厄介《やっかい》な魔物だが、魔法が使えるエルフなら問題はないみたいだ。

「俺は報告を兼ねて、一度村に戻る。おまえさんはどうする？」

「ここに残るよ」

「そうか、なにかあれば村に来るんだぞ」

ラビラタはわたしに言葉をかけると、滝下へ軽やかに降りて、村に向けて駆け出していく。

その姿はすぐに森の中に消えた。

残ったのはわたしとくまゆるとくまきゅう。それに倒したヴォルガラスが7羽、地面に落ちている。

これは売れるのかな？

それ以前にもらっていいのかな？

まあ、あとで渡せと言われたら渡せばいいし。とりあえずクマボックスにヴォルガラスをしまっておく。

わたしはくまゆるとくまきゅうを子熊化してクマハウスに入る。

やっぱり、自分の家は落ち着く。

わたしがソファーに座ると、左右にくまゆるとくまきゅうが飛び乗り、丸くなる。

誰もいないときの2人の定位置だ。

わたしはひと休みしてからクマフォンを取り出して、フィナに連絡をする。

この時間は家にいるか、孤児院でティルミナさんの仕事を手伝いしているころかな。

フィナはなかなか出ない。フィナには人がいたらクマフォンに出ないように言ってあるから、もしかすると近くに誰かがいるのかもしれない。

クマフォンを切ろうとした瞬間、クマフォンからフィナの声が聞こえた。

『ユナお姉ちゃん？』

無事に繋《つな》がった。

それにしても、こんなに距離が離れているのによく繋がるもんだ。

さすが神様のチートアイテムだ。

元の世界なら衛星携帯もあるから、ほとんどの場所と繋がる。でも、クマフォンってどんな仕組みになっているんだろうね。謎のアイテムだ。

「今、大丈夫？」

『はい、大丈夫です。掃除と洗濯が終わって、ちょうど休もうとしてたところです』

どうやら家でお手伝いをしていて、クマフォンにすぐに出られなかったみたいだ。

いい子だ。

「そっちに変わったことはない？」

『うん、なにもないよ。ユナお姉ちゃんのほうは大丈夫？』

「無事にエルフの村に着いたよ」

『よかった。でも、エルフの村か、わたしも行ってみたいな』

「それじゃ、来る？」

クマの転移門を使えばすぐだ。

『いきなりわたしが行ったら、サーニャさんに驚かれるよ』

たしかにそうだ。

でも、今度来るときは連れてきてあげよう。それにはどこかにクマの転移門を設置しないといけない。

「それじゃ、そっちもなにもないんだね」

『うん、……あっ』

フィナがなにかを思い出したように声をあげる。

「どうしたの？　なにかあったの？」

『ユナお姉ちゃんが出かけてから、しばらくしたら、ゼレフおじさんとエレローラ様が来たよ』

「ゼレフさんとエレローラさん？」

エレローラさんなら、自分の夫であるクリフが治める街に来るのは分かるけど、ゼレフさん？

「もしかして、わたしに用だった？」

そのぐらいしか思いつかない。

『ユナお姉ちゃんにも会いたかったようだけど、ユナお姉ちゃんのお店を見に来たみたい』

「お店？」

『うん、視察とか言っていたかな？　2人とも「くまさんの憩いの店」と「くまさん食堂」で食事をしていたよ』

ああ、そういえば、一度クリモニアにあるわたしのお店を見たいって言っていたから、見に来たのかな。

「それで、なにか言っていた？」

『凄《すご》く美味《おい》しいって褒めていたよ』

それは、モリンさんが作ったパンだし、ネリンも一生懸命にケーキを作る練習をした。子供たちも一生懸命に補佐をしている。アンズの料理も美味しい。わたしのお店の料理はどれも美味しいのは当たり前だ。

『あとお店に飾ってあるクマさんの人形を見て、笑っていました』

笑うって失礼だね。

くまさんの憩いのお店だから、クマさんがいるのはしかたない。

それにお客さんには人気があり、欲しがる人が多いと聞いた。

「それじゃ、ゼレフさんとエレローラさんが来たら、みんな驚いたんじゃない？」

『うん、お母さん、凄く驚いていました』

「ほかのみんなは」

『エレローラ様が貴族ってことは黙っているように言われたから大丈夫です。エレローラ様が貴族だということを知っているのはお母さんとわたしとシュリの3人だけです。普通のお店の様子を見たかったみたいです』

「フィナは大丈夫だったの？」

『驚いたけど、お母さんほどには』

フィナもだんだんと貴族への免疫がついてきたのかな？

昔は貴族相手になると緊張していたのに。

まあ、最近ではノアと一緒にいることも多くなったみたいだし、ミサの誕生日会も参加したし、フィナも少しは強くなったみたいだ。

その点、ティルミナさんは貴族との関わりはほとんどないから、会えば驚くよね。

「でも、いきなり来たんだね。連絡ぐらいくれてもいいのに」

『ユナお姉ちゃんを驚かせるつもりだったみたいです』

たしかに、いきなり2人が現れたら驚いたのは間違いない。

2人に会いたかったような、驚かされずにすんでよかったような、微妙なところだ。

『だから、残念がっていました』

エレローラさんの残念がる顔が浮かぶ。今度会ったときになにか言われるかな？

「それで、ゼレフさんたちは帰ったの？」

『はい、2日ほどいたけど、すぐに王都に戻らないといけないからって、帰りました』

本当にお店の視察に来ただけみたいだ。

『ユナお姉ちゃんによろしくって言ってました』

「それ以外に変わったことはない？」

『う～ん、あとはとくにはないです』

フィナは少し考えて答えた。


それから、他愛もない話をして通話を終える。

そんなことがあったんなら、フィナも連絡ぐらいしてくれてもよかったのに。

でも、連絡を受けても、なにもできないから同じことかな。

サーニャさんやルイミンの前で、クマフォンは使えないし、クリモニアに戻ることもできない。

それに隠れてクマフォンが使えたとしても、フィナにあれこれ指示を出すのも変な話になる。だから、これでよかったのかもしれない。

242　クマさん、魔物討伐のお手伝いをする

翌朝、くまゆるとくまきゅうのペチペチ攻撃によって起こされたわたしは村に向かう。

その途中でヴォルガラス3羽に出くわし、子供たちが襲われでもしたら大変なので、サクッと倒しておく。

う〜ん、これだけ結界内に魔物がいると、結界の役目を果たしていないような気がする。

そもそも、結界が弱まるってどういうことなのかな？

ゲームや漫画だと、いくつかパターンがある。

結界が編み目のようになっていて、弱まっていくと編み目が大きくなり、小さな魔物が入ってくるとか、他には、結界の一部が弱まって、その部分が消えてしまい、そこから魔物が入ってくる場合などがある。

まあ、知ったからといって対処ができるわけでもないけど、現代人としてはファンタジーの仕組みは気になるところだ。

そんな考えごとをしながら村に到着すると、少し騒がしい？

どうかしたのかな？

気になるので、会話がするほうへ耳を傾ける。

内容を盗み聞きすると、村の近くまで魔物が入り込んだらしい。

わたしも村に来るまでにヴォルガラスを倒しているけど、他にもいたみたいだ。

これって、わたしは大丈夫だよね？

よく物語だと、よそ者が外から来て不吉なことが起きると、よそ者のせいにされることがある。

クマが来たから魔物が……、クマが来たから結界が……とかなったら困る。

そんな心配をしながら村を歩くと、子供も大人も普通に挨拶《あいさつ》をしてくれる。

杞憂《きゆう》だったみたいだ。

漫画や小説のテンプレ要素を考えながら歩いていると、サーニャさんとラビラタの姿を見つける。

「サーニャさん、おはよう」

「ユナちゃん、おはよう」

「どこかに行くの？」

「村の近くまで魔物が入り込んでいるみたいなの。それで、戦える者はお爺ちゃんの家に呼ばれているの」

「わたしも一緒に行ってもいい？」

魔物討伐なら、手伝うことはできる。

少しでも好感度を上げておいたほうが今後のためにもなる。

「う～ん、お客様のユナちゃんに手伝ってもらうのは」

「かまわない」

サーニャさんとラビラタの返答が分かれる。

「ユナの力も借りるべきだ」

「ラビラタ？」

サーニャさんが驚いたように隣にいるラビラタを見る。

「でも、他の人たちが」

「客人の手を借りたくないおまえの気持ちも分かるが、今はそんなことを言っている場合ではない。それと、長《おさ》や他の者たちがなにか言い出したら、俺が責任を持つ」

「ずいぶんと、ユナちゃんのことを買っているのね」

「昨日、一緒に戦ったからな。それに魔物を探知できるユナのクマの手は借りるべきだ」

サーニャさんはラビラタの言葉に悩む。

わたしとラビラタを交互に見て考える。

「う～ん、たしかにユナちゃんが手を貸してくれるなら助かるけど」

もちろん、わたしの返答は初めから決まっている。

「いいよ」

「ユナちゃん、ありがとう」

手伝うことを受け入れてくれたサーニャさんたちと、わたしはムムルートさんの家に一緒に向かう。

ヴォルガラス程度の魔物退治なら、手伝うことぐらいなんでもない。それにルッカや村の子供たちが襲われでもしたら大変だ。

ムムルートさんの家に着くと、部屋の奥へと向かう。

部屋にはムムルートさんをはじめ、数人のエルフがいた。わたしを見たムムルートさんがサーニャさんに目を向ける。

「どうして、客人の嬢ちゃんがいる？」

「俺が呼んだ」

「ラビラタ？」

「俺がユナの力を借りるべきだと思った。ユナのクマの力を使えば、村の近くに魔物が来たら分かるだろう」

ラビラタの言葉に周囲にいたエルフたちが驚く。なかには「必要はないだろう」「客人に手伝わせるのか」などの声が聞こえてくる。

「これは我らがエルフの問題だぞ」

「そんなことを言って、子供たちが犠牲になったらどうする。遊んで怪我をするのとはわけが違う。最悪の場合、死ぬことになるんだぞ」

ラビラタの「子供が死ぬ」発言にムムルートさんをはじめ、他のエルフも口を閉じる。

「おまえの言いたいことは分かった。だが、クマのお嬢ちゃんはそれでいいのか？　たいしたお礼はできないぞ」

「お礼はいらないよ。サーニャさんにはお世話になっているし。わたしにできることなら手伝うよ」

本当は神聖樹を見せてほしいとか、恒久的なクマハウスの設置やエルフに伝わる腕輪の作り方を教えてほしいとか、いろいろとあるけど、ここはぐっと我慢する。

もし、解決後に改めて聞かれたらお願いすればいいしね。

実際に役に立ってからなら、頼みやすい。

ずるくないよ。交渉術だよ。

断られたら、素直に諦めるし。

「そうか、助かる。昨日、ラビラタから報告を受けたとき、嬢ちゃんのクマにも手伝ってもらえたらとは思っていた」

もしかして、わたしじゃなくてくまゆるとくまきゅうの探知能力を借りたいってこと？

長のムムルートさんが言うので、他の人もムムルートさんに従う。

「それじゃ、全員揃ったところで、今この村に起きていることを話す」

ムムルートさんはそう言って、神聖樹について説明し始める。

「神聖樹が寄生樹に取りつかれ、結界の力が弱まっている。そのせいで魔物が結界内へと入り込んでいる」

ムムルートさんの言葉に一人のエルフが言葉を発する。

「だが、結界の外でもこんなに魔物がいたことはないぞ」

「神聖樹に引き寄せられるように集まってきていると考えている。だから、神聖樹が寄生樹に完全に侵されれば、今以上に魔物が集まってくる。そうなれば村は今以上に危険にさらされる」

ムムルートさんが説明すると、ざわめきが起きる。

「皆には根本である寄生樹の討伐を手伝ってもらう。そのため、神聖樹による結界を解く。だから、まずは結界を解く前にこの森に入り込んでいる魔物を一掃する」

反対意見は出ず、皆はムムルートさんの言葉に頷く。

ムムルートさんが話していると走ってくる足音が聞こえる。

部屋に勢いよくエルフの青年が入ってきた。

「た、大変だ！　魔物の群れが森の結界付近に集まりだしている！」

「なんだと！」

青年の言葉に全員が驚きの顔を浮かべる。

「サーニャ！　確認を」

ムムルートさんがサーニャさんに向かって叫ぶ。サーニャさんは頷くと、窓に駆け寄り、左腕をつき出す。

すると、腕輪のあたりから、鷹のような鳥が出現して、サーニャさんの腕にとまる。

「お願い」

サーニャさんが鳥に声をかけると、鳥は飛び立っていく。

今のなに？　腕輪から出たよね。

もしかして、わたしの知らないエルフの隠された秘術？

「サーニャさん、今のは？」

気になったので尋ねてみる。

「わたしの召喚鳥っていうのかしら、ユナちゃんのクマの召喚獣と同じよ」

サーニャさんも召喚できたんだ。

しかも鳥だよ。

でも、今まで黙っていたんだね。

問い詰めたいところだけど、今はそれどころではないので我慢をする。

「サーニャ、様子はどうだ」

「オルバル山のほうから、かなりの数のヴォルガラスが飛んできているわ。……それから
ウルフの群れが結界の外をうろついているわ」

サーニャさんが目を瞑《つむ》りながら状況の説明をする。

もしかして、ゲームや漫画にある、動物の目を通して自分が見ることができるスキル？

サーニャさんが女性でよかったよ。これを男性が持っていたら風呂覗《のぞ》きを疑うね。

「それじゃ、まだ結界の中には入っていないんだな」

「ええ、今のところは結界の外でウロウロしているわ」

サーニャさんが鳥の目を通して見ていることを報告する。

便利な召喚鳥だね。

わたしもくまゆるとくまきゅうが見ている景色を見られたらよかったかもしれない。

「ちょっと、待って。ウルフの周辺にタイガーウルフもいるわ」

「ウルフだけでも面倒なのに」

「それで、どうする？」

「もちろん、討伐する。元々、そのために皆を集めた。班分けはいつもどおり、サーニャは地図に魔物がいる場所を」

ムムルートさんの指示で皆が動きだす。

誰かが村の周辺の地図を広げ、サーニャさんが魔物の位置を示していく。それを見て、ムムルートさんが指示を出していく。

「長、村に人を残さないでいいのか？」

「わしとサーニャ、それから伝令用に2人ほど残す。魔物の数が思ったより多い。人数を増やして急いで討伐する」

「それにユナちゃんがいるから大丈夫よ」

「その変な女に村を任せるのか？」

エルフの一人が不安そうにする。

「ヴォルガラス程度ならユナに任せておけば大丈夫だ。もし心配なら、村に一羽も近づけさせなければいい」

エルフの一人がわたしに対して不安そうにしたが、ラビラタが擁護《ようご》してくれる。

サーニャさんとラビラタが言うと、他のエルフたちは何も言えなくなる。

なんか、ラビラタからの信頼度が高いのは気のせい？

ヴォルガラスを倒したぐらいなのに。それとも、知らないうちに信頼度が上がるイベントでもあった？

「なにかあれば、連絡させる。それまではそれぞれ指示に従うように」

エルフたちはムムルートさんの指示に従い討伐へと向かう。ムムルートさんとサーニャさん、それと2人のエルフが残る。２人は伝令みたいな役になるのかな？

指示を出されなかったわたしはどうしたらいいのかな？　村の見回りに行ったほうがいいのかな？

「わたしは？」

「嬢ちゃんのクマは魔物が近くにいることが分かるんだったな」

「サーニャさんみたいに遠くまでは分からないけど」

「それなら、サーニャには結界の境界線を見てもらっているから、村の近くに魔物が来たら教えてほしい」

わたしはくまゆるとくまきゅうを召喚する。

「くまゆる、くまきゅう、村の近くに魔物が来たら教えてね」

「「くぅ〜ん」」

これで、安心だね。

サーニャさんは目を閉じている。

周囲を確認しているのだろう。ときおりムムルートさんに伝え、ムムルートさんが部屋に残っていたエルフに指示を出していた。

「順調ね」

「これで、魔物を全て倒すことができれば、あとは神聖樹だな。サーニャ、わしは村を見回ってくる。なにかあれば知らせてくれ」

「分かったわ」

「嬢ちゃん、悪いがつき合ってもらえるか？　村の付近に魔物が来たら教えてくれ」

「わたしじゃ、全ては把握できないから、ユナちゃんが、村の近くを確認してくれるなら助かるわ」

まあ、結界の全てを確認するのは大変だ。

洩れることもあるだろう。わたしの役目は、サーニャさんと村の人が見逃して村に近づいた魔物を倒すことだ。

243　クマさん、村を見回る

ムムルートさんと村の中を見回る。そのわたしたちの横をくまゆるとくまきゅうが歩く。

「わたしは村に来た魔物を討伐すればいいの？」

「魔物の処理はわしがする。クマの嬢ちゃんは魔物が来たら教えてくれればいい」

気を使ってくれているんだろうけど、それって面倒な気がする。

ムムルートさんとしては、サーニャさん同様にわたしに迷惑をかけたくないみたいだけど、魔物を発見したら、サクッと倒したほうが早い。

ムムルートさんは顎《あご》を触りながら、くまゆるとくまきゅうを見ている。

「2人とも魔物が来たら教えてね」

と、くまゆるとくまきゅうに頼みつつ、わたしは探知スキルを使って周辺を確認する。

村の周辺には魔物の反応はない。

魔物が集まっている場所は探知スキル範囲外らしく、今のところ魔物は確認できなかった。

どのくらいいるか確認したかったけど、無理みたいだ。

結界はかなり広いみたいだ。

わたしとムムルートさん、くまゆるとくまきゅうは村の中を見回る。

わたしたちに気づいた人たちは挨拶《あいさつ》をしてくれる。

大人はムムルートさんに、子供たちはくまゆるとくまきゅうに挨拶をする。

ムムルートさんは会う住人に村に魔物が近寄ってくるかもしれないことを伝え、村から出ないように伝える。

村の中を歩いていると、向かう先からルイミンがルッカと手を繋《つな》いでやってくる。

「お爺ちゃん、ユナさん！」

ルイミンは、わたしたちを見つけると駆け寄ってくる。ルッカはくまゆるとくまきゅうに駆け寄ってくる。

「2人ともどうしたの？」

「村の外に行こうとしたら、止められて」

「悪いが今日は村から出ないでくれ」

ムムルートさんは状況を簡単に説明をする。

すでに魔物のことを知っていた2人は素直に頷《うなず》く。

「それで、お爺ちゃんとユナさんはなんで一緒にいるの？」

わたしのほうを不思議そうに見る。

わたしがムムルートさんと一緒にいるのが、おかしな組み合わせだと思ったみたいだ。

「お嬢ちゃんのクマに手伝ってもらって、村の周辺を警戒しているところだ」

ムムルートさんはくまゆるとくまきゅうを見ながら説明をする。

そのくまゆるを撫《な》でているルッカの姿がある。

「お爺ちゃん、わたしたちも一緒にいい？」

どう見てもルッカがくまゆるとくまきゅうに乗りたがっているよね。

それをルイミンが気づいたのかな？

ムムルートさんは少し考える。

「……もしものときは、わしの指示に従うんだぞ」

「うん！」

くまゆるとくまきゅうに乗りたそうにしているルッカをくまゆるに乗せてあげ、ルイミンはくまきゅうに乗せて、見回りを再開する。

村の中は結界の外に魔物が集まっているとは思えないほど平和だ。

くまゆるとくまきゅうの反応もないし、村の中は安全そのものだ。

ラビラタたちがちゃんと魔物を倒しているってことかな。

ルッカたちを乗せて歩いていると、子供たちが集まってくる。

初めはムムルートさんもなるべく家にいるようにと注意していたけど、子供たちはルッカとルイミンを羨《うらや》ましそうに見ていて、家に帰るよう強く言うことができなかった。

ムムルートさんは「失敗だったな」と小さく呟いた。

でも、「外に行かれるよりはいいか」と気持ちを切り替えていた。

たしかに、あっちこっちに動き回る子供に家にいるように言っても、素直に聞かない子だっている。

子供なんて、家に閉じ込めようとしても勝手に抜け出すものだ。

それなら目が届く場所にいてもらったほうが助かる。

それが分かっているのか、ムムルートさんも強くは言わない。

ルイミンもくまきゅうの背中を子供に取られて、わたしの横を歩いている。

「どうやら、大丈夫なようだな」

村の確認をし終えたわたしたちは、村の中央広場的な場所にやってきた。

くまゆるとくまきゅうを見ると、子供たちがさらに集まってくる。

わたしも外に行かれるよりはいいと思っているから遊ばせている。

ルイミンがしっかりと子供たちを見てくれているので、くまゆるとくまきゅうが酷い目に遭うことにはなっていない。

わたしがクマボックスから取り出したオレンの果汁を飲んでいると、子供たちも欲しそうにしていたので、全員分を出してあげる。

「ありがとうございます」

「ありがとう」

ちゃんとお礼を言う。躾《しつけ》がしっかりしている。

くまゆるとくまきゅうと子供たちが遊ぶ姿を見ながら、ボーっとする。

…………暇だ。

暇なのはいいことだ。魔物が来ないってことは、戦いは順調な証拠だ。

ムムルートさんは、くまゆるとくまきゅうと遊ぶ子供たちを見ている。

「お嬢ちゃんのクマは大人しいな」

「まあ、敵対とかしなければ暴れたりしませんよ。そういえば、サーニャさんも鳥を召喚できるんですね」

流れ的に聞いてみることにした。

今まで黙っていたサーニャさんだ。もしかすると、教えてくれないかもしれないけど、わたしとしては初めて見る召喚された鳥だから、気になるところだ。

「お嬢ちゃんのクマと違って、魔物を感じ取ったりはできないがな」

でも、召喚鳥が見たものを視覚できるという。それは凄《すご》い。上空から見渡せれば、いろいろと見ることができる。空からの景色が見られるのは羨ましい。

山の先になにがあるとか、簡単に見ることができる。移動先を調べることができるのは、冒険者にとって、かなり有利になる。

それにわたしの探知スキルには距離制限がある。でももし、サーニャさんの召喚鳥に距離制限がなければ、わたしの探知スキルより役に立つ。

「召喚鳥はたくさんいるんですか？」

「いや、持っているのはサーニャとルイミンの2人だけだ」

「えっ、ルイミンも召喚鳥、呼び出せるの？」

わたしは意外な事実に近くにいるルイミンに尋ねる。

「え〜と、はい。一応……」

ルイミンは召喚できることを認めるが声が小さい。

「凄いね」

「そ、そんなことはないです」

なんか、歯切れが悪い。

「えっと、見せてもらえたりする？」

ダメ元で聞いてみる。

すると、小さく頷いてくれる。

どうやら、見せてくれるようだ。

ルイミンは両手を前にして、魔力を集めると、手のひらにヒヨコ？　雛鳥《ひなどり》？　が現れた。

「この子はわたしの魔力で成長するんですが、わたしの魔力が少ないみたいで、お姉ちゃんみたいにまだ成長していないんです」

でも、小さくて可愛《かわい》らしい雛鳥だ。ルイミンの小さな手のひらの上を動いている。そして、ルイミンのほうを見て、小さく鳴いている。ルイミンに懐いているのが分かる。

「可愛いね」

「はい、可愛いですけど。早くお姉ちゃんの召喚鳥みたいに成長してほしいです」

この子が成長すると、サーニャさんみたいな召喚鳥になるのか。

くまゆるとくまきゅうみたいに小さくしたりできたらいいんだけど、それは無理だよね。

ルイミンは召喚鳥を送還する。

でも、どうやって、召喚鳥を手に入れたのかな？

尋ねようとしたとき、くまゆるとくまきゅうが首を上げて「「くぅ〜ん」」、と鳴いて空を見上げている。

子供たちも一緒に見上げる。

「なに、あれ？」

子供の一人が指を差す。

………………でかい。

空を飛んでいるからヴォルガラスかと思ったが違う。

ゆっくりと大きな鳥が飛んでいる。

わたしは探知魔法を使う。

……コカトリスと表示されていた。

「コカトリス……」

わたしの言葉にムムルートさんをはじめ、ルイミンたちも驚く。

コカトリスは鶏のようなトサカがあり、尻尾が蛇のように細く長いのが特徴。

体も大きく、厄介《やっかい》な魔物だ。

なによりも、飛ぶから面倒だ。

「ルイミン！　子供たちを連れて近くの家の中に隠れろ！」

ムムルートさんが叫ぶ。

「くまゆる、くまきゅう、みんなをお願い」

くまゆるとくまきゅうは子供を乗せたまま動き出す。

そのあとをルイミンが他の子供たちを連れて移動する。

「お嬢ちゃんも逃げたほうがいい。コカトリスは、わしが引きつける」

「倒せるの？」

ムムルートさんはコカトリスを見て唾を飲み込む。

「前に倒したことはある。昔と比べて衰えているが、倒せない相手じゃない」

昔って、何百年前になるの？

「わたしも手伝うよ」

コカトリスは真っ直ぐに、こちらに向かってきている。村の広場には、今はわたしたちしかいない。餌《えさ》とでも思ったのかもしれない。

コカトリスは翼を羽ばたかせながら降りてくる。

「ここで戦うの？」

広いとはいえ、村の中だ。

ここで戦えば被害は間違いなく出る。

「できれば村の外に誘《おび》き寄せたい」

ムムルートさんはそう言うとコカトリスに向かって駆けだす。

ムムルートさんは先手必勝で、降りてくるコカトリスに向かって風の刃を放つ。

風の刃がコカトリスを襲うが、コカトリスは翼を羽ばたかせて相殺する。

でも、今の攻撃でコカトリスはムムルートさんを敵と認識した。

「お嬢ちゃんはサーニャのところに行け！」

ムムルートさんは魔法を放ちながら、村の外へと走りだす。

速い。

コカトリスはムムルートさんの後を追いかける。

わたしの行動は決まっている。わたしはムムルートさんとコカトリスの後を追いかける。

244　クマさん、コカトリスと戦う　その1

コカトリスの前を走るムムルートさんは速い。コカトリスも空を飛びながら追いかける。わたしはそのあとを追走する。

ときおり、ムムルートさんはコカトリスに風魔法で攻撃して、上手にコカトリスを誘導している。

でも、どの攻撃もダメージを与えられるほどの強さではない。

本当は後ろから無防備なコカトリスを攻撃したい気持ちもあるが、下手に攻撃をして村に逆戻りされても困る。そんなことになればムムルートさんが誘導しているのを邪魔することになる。

今は邪魔せずにムムルートさんとコカトリスを追いかける。

コカトリスはムムルートさんに向けて、風を飛ばしたり、羽を飛ばしたりする。ムムルートさんは風で防壁を張り防ぐ。走る速度を落とさずに、村からどんどん離れる。

木々を活用して、的を絞らせない。

そして、草原のような開けた場所に出る。ムムルートさんが歩みを止めるとコカトリスがゆっくりと降りてくる。ムムルートさんはコカトリスと正面で対峙《たいじ》する。

たしかにここなら、広くて戦うのに適している。でも障害物がないため、姿を隠しながら戦うには不利な地形でもある。

でも、今回は逃げるわけではないので、正しい判断だと思う。コカトリスがムムルートさんを見失って村に戻っては意味がない。

コカトリスは動きを止めたムムルートさんに向けて翼を羽ばたかせると、無数の羽がムムルートさんを襲う。

ムムルートさんは風魔法で防壁を作り、さらに後方へジャンプして躱《かわ》す。

後方に下がったムムルートさんは構えをとると、風魔法を放つ。

刃となった風がコカトリスを襲うが、コカトリスは飛び上がり躱す。

飛び上がったコカトリスは大きく翼を羽ばたかせ、風を巻き起こす。ムムルートさんが風魔法を起こし相殺させる。

おお、互角な戦いをしている。

ムムルートさん、カッコいい。

ムムルートさんとコカトリスとの攻防が続く。って、見ている場合じゃないよね。互角ってことは負ける可能性もあるってことだ。

今のわたしは森林の出口におり、コカトリスには気づかれていない。

コカトリスはムムルートさんと対峙しているため、後ろが無防備になっている。

うん、これは攻撃してくださいと言っているようなものだよね。

わたしは森から抜け出し、クマさんパペットに魔力を集め、風の刃を作りあげる。そして、コカトリスの無防備な背中に向けて放つ。わたしの存在に気づいていないコカトリスは避けることもできず、風の刃が背中に命中する。

コカトリスは怒り狂った悲鳴のような叫び声をあげる。

「嬢ちゃん！　なんで来た！」

ムムルートさんがわたしの存在に気づいて叫ぶ。

わたしは気にせずに風の刃を放ち続ける。

ゲームではダメージは与えられるうちに与えておくのが常識だ。

でも、コカトリスもバカではない。いつまでも、わたしの攻撃を受け続けるわけもなく、すぐにわたしの存在に気づいて、振り返ると翼を大きく羽ばたかせ、赤黒い羽を飛ばす。

あの羽は危険だ。羽には毒がある。

わたしはムムルートさんと同様に風の防壁を作って防ぐ。

「嬢ちゃん！」

ムムルートさんがコカトリスの後ろから風の刃を放つ。

コカトリスは翼を羽ばたかせ、空高くに舞い上がる。

う～ん、通常の攻撃じゃダメだった。ここはコカトリスの素材とか考えないで、クマ魔法にすればよかったかもしれない。

わたしの悪い癖だ。

「どうして来たんだ！」

ムムルートさんが、睨《にら》みつけながら駆け寄ってくる。

「ごめん、やっぱり心配だから」

「なにを言っておる！　逃げるんだ。あやつはわしがどうにかする」

「自分の身は自分で守るから大丈夫だよ。だから、ムムルートさんはわたしを気にしないで戦って」

コカトリスが上空を円を描くように回っている。

ムムルートさんはコカトリスとわたしを交互に見る。

「一つだけ、約束をしてくれ。もしものときは絶対に逃げてくれ。子供が死ぬところは見たくない」

子供って、ムムルートさんから見たらそうなるのかな。

だからといって、大人という年齢でもない。

「もしものときは、嬢ちゃんが逃げる時間ぐらい、稼いでやるから、絶対に逃げるんだぞ」

なに、この「俺が残るから、おまえは逃げろ」的な展開は。

わたしはもちろん、ムムルートさんを死なせるつもりはない。死なれでもしたら、サーニャさんやルイミンが悲しむ。

とりあえず、わたしはムムルートさんの言葉に頷《うなず》く。わたしは空にいるコカトリスを見上げる。コカトリスは再度、ゆっくりと翼を羽ばたかせながら降りてくる。

そして、お腹《なか》が膨らみ始める。

これは！

「ムムルートさん、動かないで！」

わたしは叫ぶと同時にわたしとムムルートさんを中心とした360度に風の防壁を張る。

それと同時にコカトリスの嘴《くちばし》から紫色の息が吐かれた。

毒だ。

ゲームでもコカトリスが吐く息で毒の状態異常になったことを思い出した。

わたしはコカトリスが毒を吐き終わると、防壁を拡大させて、一緒に周辺の毒も吹き飛ばす。

「嬢ちゃん、助かった」

ムムルートさんはお礼を言うと、コカトリスに向かって駆けだし、至近距離から、風の刃を放ち、コカトリスの羽の一部を散らす。

コカトリスは怒り狂い、至近距離から毒を吐くが、ムムルートさんは風を起こし、毒の息を反対方向に散らす。

毒を拡散させたムムルートさんは、そのまま攻撃を仕掛けようとする。だが、コカトリスは羽を広げたまま回転すると、ムムルートさんは回転に巻き込まれて弾き飛ばされる。

「ムムルートさん！」

「だ、大丈夫だ」

倒れたムムルートさんは返事をする。

でも、倒れているムムルートさんにコカトリスが翼を羽ばたかせ、羽を飛ばす。

わたしは左手でムムルートさんの前に風魔法の防壁を作って防ぐ。

風の刃や炎を飛ばしたりするが、避けられたり、弾かれたりする。コカトリスはわたしの攻撃から逃げるように空に飛び上がる。

う〜ん、やっぱりクマ魔法じゃないとダメかな。

でも、下手にクマ魔法で攻撃をして、コカトリスの側で戦っているムムルートさんが巻き込まれでもしたら危険だ。

意外とムムルートさん、足手《あしで》まとい？

さすがに本人に向かって、「足手まといだから、わたしに任せて逃げてください」とは言えない。

「嬢ちゃん、助かった」

さて、どうしたものか。

「どうします？　なんなら、わたしが倒すけど」

「ふふ、コカトリスを前にして、それだけの強気な言葉が言えるのはさすがだな」

ムムルートさんは立ち上がり、笑みをこぼす。

別に強気とかでなく、本気なんだけどね。

コカトリスは空に舞い、こちらの様子をうかがっている。

「嬢ちゃんの力を見込んで頼みがある」

「なに？」

「あやつが降りてきたら、空に逃がさないようにしてくれるか」

「別にいいけど」

「大技を放つから、巻き込まれないように注意だけはしてくれ」

ムムルートさんはわたしから離れると構えをとって、魔力を両腕に集めだす。

左にしている腕輪が輝きだす。

どんどん、魔力が集まっているのが分かる。

そんなムムルートさんに気を取られていたら、空からコカトリスが羽を飛ばしてくる。

鬱陶《うっとう》しい。

そんな攻撃を何度しても同じこと。風の防壁に弾かれて、羽は地面に突き刺さる。

でも、空からの攻撃って卑怯《ひきょう》だよね。叩き落としたい。

わたしは走りだし、勢いをつけて高く飛び上がる。

コカトリスより高く飛ぶ。

やばい、高く飛び過ぎた。

落下位置は風魔法と体を捻《ひね》って調整する。

狙いはコカトリス。

右足を突きだすと、クマさんキックがコカトリスの背中に命中する。

クマさんキックを喰らったコカトリスは地面に向かって落ちる。

おお、できるもんだね。

地面に落ちたコカトリスは立ち上がろうとするが、ムムルートさんが魔法の準備をしていた。

「嬢ちゃん、巻き込まれるなよ！」

ムムルートさんの周りに渦巻状に風が集まっている。その風を手に収束させ、翼を広げて逃げようとするコカトリスに向かって放つと、大きな風の刃となってコカトリスを襲い、片翼を切り落とした。

おお、凄い。

あの大きな翼はかなり硬かった。

それを一撃で斬り落とした。

でも、ムムルートさんが悔しそうにする。

本当なら体を真っ二つにしたかったのかもしれない。

だけど、すぐにムムルートさんは止めを刺すために走りだす。片翼を斬り落とされたコカトリスは空に逃げることができない。

至近距離から確実に止めを刺すつもりだ。

コカトリスは蛇のような長い尻尾でムムルートさんを威嚇《いかく》する。コカトリスの尻尾の動きは速い。ムムルートさんは尻尾を躱す。コカトリスの尻尾には毒がある。掠《かす》りでもしたら、危ない。見ているだけで怖くなる。

自分が戦うのはクマ装備のおかげで怖くはない。でも、他人が命懸けで戦うところを見ると怖くなる。

あの一撃を喰らえば死ぬこともある。でも、ムムルートさんは村を守るために戦っている。

コカトリスの尻尾が曲がって、ムムルートさんを襲う。

危ない！　と思った瞬間、ムムルートさんは腕を振り下ろす。コカトリスの尻尾が斬れた。さらに体を斬りつける。

ムムルートさんの腕を見ると、風のようなものが巻きついている。もしかして、風の剣？

コカトリスは怒りだし、紫色の息を吐き出し、ムムルートさんに向けて嘴を突き出す。

ムムルートさんは後方にジャンプして躱す。

まだ、動けるの？

翼を斬られ、尻尾を斬られ、体からも血が流れている。もう、動けないと思っていた。

コカトリスから吐かれた紫色の息が片翼のコカトリスを中心に広がっていく。

間違いなく毒だよね。

一瞬、クマ服なら毒ガスも防いでくれるかもと脳裏に浮かぶが、もしものことを考えると、そんな危険な実験《テスト》はできない。

だからといって、このまま毒を吐き続けられると周辺に被害が出る。

ムムルートさんは風を飛ばし、コカトリスが吐く毒を拡散させる。

そして、再度、間合いをつめると、腕に纏《まと》っている風の刃でコカトリスの首を斬った。

おお、凄い。風の剣、今度、わたしも試してみようかな。


これで、終わったと思ったとき、わたしの視界の中にコカトリスが入る。

「ムムルートさん、危ない！」

横から風が吹き、ムムルートさんの体が吹き飛ぶ。

「ムムルートさん！」

「大丈夫だ」

どうやら、風の防壁を張ったようで、大怪我はしてないようだ。

わたしは風が吹いたほうに視線を向ける。その先には新しいコカトリスが飛んでいた。

そして、怒り狂ったようにムムルートさんが倒したコカトリスの前に立つ。

……2体目。

新しいコカトリスは翼を大きく広げ、わたしたちを威嚇する。そして、風の刃を飛ばしてくる。

わたしは避《よ》ける。

「嬢ちゃん、逃げろ。わしが戦う」

戦うと言ってもムムルートさんはかなり疲弊している。とてもじゃないが、戦えるとは思えない。

わたしは心の中でくまゆるとくまきゅうを呼び寄せる。

『くまゆる、くまきゅう、こっちに来て』

スキル、クマの念話
離れている召喚獣に呼びかけることができる。

ゴーレムを討伐した後に覚えたスキルだ。

わたしはくまゆるとくまきゅうに念話を送ると、ムムルートさんのところに移動する。

「動けますか？」

「嬢ちゃんは、アルトゥルかラビラタを呼んできてくれ。サーニャに聞けば居場所は分かるはずだ」

そんなことを言われても新しいコカトリスはわたしたちのほうを睨みつけるように見ている。

わたしが逃げたら、わたしを追いかけてくるかもしれない。そうなればコカトリスを村に連れていくことになる。

コカトリスは唸《うな》り声をあげ、翼を大きく広げる。

嘴から、紫色の毒が洩れている。

怒り狂っている。

大きく広げた翼を閉じると同時に羽が飛んでくる。

とっさに、防壁を作って防ぐ。でも、一体目のコカトリスの攻撃よりも軌道を大きく逸《そ》らすことはできなかった。

「嬢ちゃん、わしのことはいい。行ってくれ。時間を稼ぐことぐらいはできる」

ムムルートさんも魔力の使いすぎのためか、年のためか、息が上がっている。

こんな状況のムムルートさんを置いていくわけにはいかない。

それに逃げるのはわたしでなく、ムムルートさんのほうだ。


それから、コカトリスの攻撃からムムルートさんを守りながら戦っていると、くまゆるとくまきゅうが森から飛び出してくる。

くまゆるとくまきゅうはそのままわたしのところにやってくる。そこにコカトリスが羽を飛ばしてくる。

わたしは土の壁を作り、ムムルートさん、くまゆる、くまきゅうの3人を守る。

「あとはわたしが戦います。だから、ムムルートさんは村で休んでいてください」

「嬢ちゃん?」

ムムルートさんはわたしの言葉を理解できないでいる。

わたしは軽く、ムムルートさんに触れて、電撃魔法弱を使う。

「じょ、嬢ちゃん。いったい、なにを……」

ムムルートさんは片膝をつく。動こうとするが動けないでいる。

「くまきゅう！」

呼ばれたくまきゅうはわたしのところにやってくると腰を下ろす。

わたしは動けなくなっているムムルートさんを持ち上げ、くまきゅうの背中に乗せる。

さすが、クマさんパペット。男性一人も簡単に持ち上げられる。

「な、なにをするんだ」

騒ぐムムルートさん。でも、電撃魔法弱のせいで、動くことはできない。

「くまきゅう、ムムルートさんを村までお願いね」

「くぅ〜ん」

くまきゅうはわたしの命令に従うと走りだす。

ムムルートさんがなにか言っていたが、気にしないでおく。

さて、戦いの2ラウンド目の開始だね。

245　クマさん、コカトリスと戦う　その2

わたしはムムルートさんを乗せて走っていくくまきゅうに背を向けて、コカトリスが追いかけないように間に立つ。わたしはコカトリスから目を逸《そ》らさずに注意を怠らない。

ムムルートさんを追いかけるようなことがあれば、すぐに攻撃をできるように構える。

新たに現れたコカトリスは離れていくムムルートさんには目も向けず、嘴《くちばし》から紫の色の息を漏らしながら、わたしを睨《にら》むように唸《うな》り声をあげている。

さて、ムムルートさんの仇《かたき》を取らせてもらおうかな（死んでいないけど）。

わたしは紫の色の息を吐いて怒っているコカトリスの正面に立ち、くまゆるを後方に下がらせる。

コカトリスは吼《ほ》えると、翼を大きく広げ、羽ばたかせると、赤黒い羽を飛ばしてくる。

わたしは土の壁を出し、羽を防ぐ。羽の攻撃が止《や》むと壁から飛び出して、コカトリスに攻撃を仕掛ける。だけど、コカトリスは空に舞い上がってしまう。

わたしはコカトリスに向けて風の刃を飛ばすが、翻《ひるがえ》って躱《かわ》し、空から赤黒い羽を飛ばしてくる。わたしは後方にジャンプして躱す。

うぅ～、やっぱり空を飛ばれると面倒だね。

クマの飛行術みたいなスキルや魔法があれば、空中戦ができて楽なんだけど、そんなものは覚えていない。

でも、空飛ぶクマ。想像しただけでもシュールだ。

クマの着ぐるみの格好だけでも目立つのに、この姿で飛ぶようなことがあれば、……人には見られたくないね。たとえ、使えるようになっても人前で飛ぶことはよそう。

くだらない妄想はやめて上空を飛んでいるコカトリスに集中する。

さて、ムムルートさんもいなくなったことだし、さっさとコカトリスを討伐することにする。

わたしはあまり見られたくない魔法を使う。

時間をかければ、アルトゥルさんとラビラタが来てしまうかもしれない。

わたしは白クマパペットに魔力を集める。集まった魔力がバチバチと音をたて、金色の電撃が白クマパペットに纏《まと》わりつき、その電撃がクマの形に変わっていく。

でも、このままでは空を飛ぶコカトリスに当てるのは難しい。だから、発射台を作ることにする。

右手に風を集めると、黒クマパペットの周りで風がぐるぐるとリボルバーのように回り出す。その回転する風の中に電撃クマをセットする。右腕の周りを電撃クマがぐるぐると回る。

わたしは右手を空を飛んでいるコカトリスに狙い定めて電撃クマを発射する。

電撃クマがクルクルと高速回転しながら、コカトリスに向かって飛んでいく。

躱されてもいいように連続で電撃クマを発射する。

コカトリスは大きく翼を羽ばたかせて、電撃クマの軌道を変えようとするが、高速回転する電撃クマはコカトリスの風の防壁を突き破り、コカトリスの翼に直撃する。

そして、翼を突き破る。

もしかして、意外と威力がある?

実験のときも思ったけど、電撃を風の竜巻で高速回転させると強化されるような気がする。

さらに残りの電撃クマも命中して、コカトリスの翼はボロボロになる。翼を失ったコカトリスは必然的に落ちて、地面に叩きつけられた。

コカトリスは立ち上がり大きく羽を広げて、叫び、わたしを威嚇《いかく》する。

広げた翼はボロボロになり、穴が空いている。

もう、飛ぶことはできない。

コカトリスはわたしを睨みつけ、嘴から紫色の息が洩れる。コカトリスには悪いけど、このままにしておくわけにはいかないので、止《とど》めを刺すことにする。

コカトリスはボロボロの翼を広げて風を巻き起こそうとするが、威力はない。

わたしはクマボックスから柄が黒いナイフ、くまゆるナイフを取り出し、黒クマパペットで握り締める。

わたしはコカトリスの攻撃を躱し、懐に入る。そして、くまゆるナイフに魔力を流し、コカトリスの首を斬る。

ごめんね。

コカトリスは神聖樹に呼び寄せられただけかもしれないけど、エルフにとって脅威でしかない。

攻撃してくるなら、倒すしかない。

くまゆるナイフで首を斬られたコカトリスは倒れた。

さすが、ミスリルナイフ。ちなみに黒い柄のミスリルナイフをくまゆるナイフ、白い柄のミスリルナイフをくまきゅうナイフと命名してある。


今度こそ終わった。

くまゆるがやってくる。くまゆるはわたしを支えるように横に来てくれる。

結構疲れたかな。

主に精神的に疲れたような気がする。

白クマの着ぐるみで寝れば治るかな？

とりあえず、コカトリスを倒すことができた。

もう、コカトリスは現れないよね？

探知スキルで確認すると、コカトリスの反応はないが、何人かの人がもの凄《すご》い速さで移動しているようで、その反応はすぐそこまでやってきている。

反応するほうに目を向けると、サーニャさんとラビラタと数人のエルフが森から現れた。

246　クマさん、サーニャさんに説明する

サーニャさん、ラビラタを含めた数人のエルフは驚きの表情で立ちつくしていた。

「これは……」

サーニャさんたちは周りの惨状を見る。

ムムルートさんとわたしの魔法、さらにコカトリスの巻き起こした風で地面はボコボコ。

しかも、地面のあちらこちらにコカトリスの赤黒い羽が刺さっている。

あらためて見ると酷い状態だね。

さらにコカトリスが2体倒れており、その酷い状況の中にクマの着ぐるみの格好をしたわたしが立っている。

自分一人だったときは気づかなかったけど、これって第三者視点で見たら、とんでもない状況に見えない？

「サーニャさん、どうしてここに？」

もしかして、ムムルートさんから話を聞いて、駆けつけてくれたのかな？

「お爺ちゃんから、話を聞いて駆けつけたのよ」

ワームや魔物1万匹倒したことを知っているのに、心配してくれたんだ。

「お爺ちゃんに話を聞けば、お爺ちゃんを逃がすために、ユナちゃんが一人残ってコカトリスと戦っているっていうじゃない」

別にムムルートさんを逃がすために残ったわけではないんだけどね。

ただ、あの場に残られると困っただけだ。決して足手《あしで》まといってわけじゃないよ。

あまり、戦うところを見られたくなかっただけだよ。

「お爺ちゃん、泣きそうな顔をしていたわよ。ユナちゃんが村のため、わしのために死んだかもしれないって」

勝手に殺さないでほしい。

ムムルートさんの中では、わたしが命がけでムムルートさんを逃がしたことになっているみたいだ。『俺が残る、お前たちは逃げろ』をリアルでやったと思うと恥ずかしい。

「それで、急いで駆けつけたわけ」

「サーニャさんは、わたしのことを知っているでしょう。心配は不要だよ」

「コカトリスが相手だというなら、心配はするわよ。ちょっとしたミスで毒に侵されたら大変よ」

たしかに毒は厄介《やっかい》だった。

クマ装備で試していないことは怖い。

でも、くまきゅうはちゃんとムムルートさんを村まで運んでくれたみたいだね。帰ったら、ちゃんと褒めてあげないといけないね。

「それで、途中で会ったラビラタと一緒に駆けつけたわけ」

サーニャさんは改めて視線をコカトリスに戻す。

他のエルフたちは倒れているコカトリスを見て反応に困っている。

「本当におまえさんが一人でコカトリスを倒したのか？」

ラビラタが他のエルフを代表して質問してくる。

サーニャさんはわたしのことを少なからず知っているから、コカトリスを倒したことを信じているようだけど、他のエルフはさすがに信じられないといった顔をしている。

まあ、クマの着ぐるみを着た女の子がコカトリスを倒したと言って、信じる人はいないだろう。

でも、電撃魔法を使ったところは見られていなくてよかった。もし、電撃魔法がこの世界になかったら、説明ができないし、面倒だった。

「倒したよ。別に信じなくてもいいけど」

説明ができないので、信じてもらえないなら、それでもかまわない。

2人のエルフがコカトリスに近づいて死体の確認をしている。

「いや、この現状を見て、信じないわけではないが……」

頭で分かっていても納得がいかない様子だ。

「ああ、一体はムムルートさんが倒したよ」

ムムルートさんが倒したのは間違いない。風の剣、カッコよかった。

「でも、そうなると、もう一体はユナちゃんが倒したってことね」

それは否定できないので、素直に頷《うなず》く。

「ユナちゃん、お爺ちゃんを助けてくれてありがとうね。ううん、村も救ってくれて、ありがとう」

「ユナ、感謝する」

サーニャさんがお礼を言うとラビラタ、他のエルフまでがお礼を述べる。

お礼はクマハウスの恒久的設置でいいよって言いたいところを呑《の》み込む。

「気にしないでいいよ。村を守れてよかったよ」

わたしの言葉に全員が感動している。

うぅ、これは下心があるから罪悪感が湧いてくる。

とりあえず、今はコカトリスのほうを見る。

「コカトリスはどうする？」

村に戻るにしろ、倒したコカトリスをこのままにしておくわけにはいかないからね。

コカトリスの素材は今のところ必要はないけど、一応戦利品だ。

「とりあえず、このままにしておくわけにはいかないから、アイテム袋にしまっていい？」

「そうね。このままにしておくわけにはいかないわね。ユナちゃん、お願いしてもいい？」

サーニャさんから許可をもらったので、クマボックスにコカトリスをしまうことにする。

まずは、わたしが倒したコカトリスに近づく。コカトリスの羽って用途はあるのかな？

数か所に穴が空いているけど、毟《むし》ればかなりの量にはなる。

でも、羽の先は毒なんだよね。暗殺者じゃないんだから必要はないかな。

コカトリスの用途はあとで考えることにして、クマボックスにしまう。

サーニャさんはもちろん、クマハウスが出てくることを知っているラビラタはそれほど驚いていないけど、他のエルフは驚いている。

気にしないで、次にムムルートさんが倒したコカトリスをしまう。

もし、コカトリスをもらえるようだったら、フィナに解体をお願いしないとダメだね。

でも、フィナってコカトリスの解体できるかな？

そもそも、10歳の女の子にコカトリスの解体を頼むのは間違っている気がする。毒もあるし、危険な可能性がある。フィナに解体を頼むなら、その前にゲンツさんに相談かな。

「そういえばムムルートさんは大丈夫？」

コカトリスをしまったわたしは、電撃で痺《しび》れさせたムムルートさんのことを尋ねる。

エルフにとってムムルートさんの年齢が年寄りになるか分からないけど、年寄りを弱い電撃で痺れさせて、動けないようにしてしまった。

それにムムルートさんは魔力の使いすぎで疲労も大きかった。

大丈夫だったかな？

でも、あのままにしていたら、まだ戦いそうだったし、しかたないよね。

「家に運ばせたわよ。そういえば、ユナちゃん。お爺ちゃんになにをしたの？　お爺ちゃん、くまきゅうちゃんの上から動けなかったわよ」

「凄《すご》い風魔法を使ったせいじゃないかな。それで体に負担がかかって、動けなくなったんじゃないかな？」

と誤魔化してみる。

「『嬢ちゃんが、わしの体に触れたかと思うと、痺れて体が動かなくなった』って言っていたわよ」

もしかして、戻ったらムムルートさんに怒られるフラグが立っていない？

「えっと、逃げてくれそうもなかったから、魔法でちょちょいと」

「ちょちょいとって……」

サーニャさんが呆《あき》れ顔になるが、それ以上は追及はしてこなかった。

「お爺ちゃん、すごくユナちゃんのこと心配していたわよ」

怒られるフラグでなく、心配されるフラグだったらしい。

漫画や小説では「俺が残るから、おまえは逃げろ」は死亡フラグだからしかたない。あのセリフを吐いて、何人のキャラが死んだことか。

ましてや、わたしの実力を知らないムムルートさんからすれば、心配するのは無理もない。

「お爺ちゃんに震える手で手を握られて、『嬢ちゃんを頼む』って言われたのよ」

なんか、想像するだけで、とんでもない状況な気がしてきた。ムムルートさんに会ったら、素直に謝ったほうがいいかな。心配をかけたのは事実だし。

「とりあえずはお爺ちゃんが心配していると思うから、村に戻りましょう」

その言葉に頷く。

いつまでもここにいてもしかたないので村に戻ることにする。

歩いて戻ろうとしたら、くまゆるがわたしの前に来ると腰を下ろして背中を見せる。

「くぅ～ん」

「ありがとうね」

わたしがお礼を言ってくまゆるの背中に乗ると、嬉しそうにする。

247　クマさん、村に戻ってくる

村に戻ってくるとくまきゅうが駆け寄ってくる。

わたしはくまゆるから降りて、くまきゅうの頭を撫《な》でてあげる。

「ムムルートさんを運んでくれてありがとうね」

くまきゅうは嬉しそうに目を細めて「くぅ～ん」と小さく鳴く。

そのわたしの後ろでは、サーニャさんがコカトリスが討伐されたことを村人たちに説明し、ラビラタさんたちが討伐したウルフやタイガーウルフ、ヴォルガラスの回収の指示を出している。

倒した魔物をそのままにしておけば、それをエサとして他の魔物や獣が近寄ってくる可能性もある。だから、放置するわけにもいかない。

それに素材はなにかと役に立つし、売ればお金になる。タイガーウルフの毛皮はわたしも欲しいぐらいだ。

「ラビラタ、ユナちゃん。そろそろお爺ちゃんに報告しに行きましょう」

わたしも？　と言いたいところだけど、行かないわけにはいかないよね。

くまゆるとくまきゅうを送還し、ムムルートさんの家に向かう。

「お爺ちゃん、入るよ」

相変わらず、家主の返事を待たずに家の中に入っていく。

ムムルートさん大丈夫だよね。電撃魔法のせいで寝込んだりはしていないよね。気を失うほどの強さにしていないから、大丈夫だと思うけど。

いつもの部屋に向かうと、ムムルートさんが布団に寝かされていた。

わたしたちのことに気づくと、上半身を起こす。

どうやら、動けるみたいでよかった。

「嬢ちゃん！　無事だったか。よかった」

ムムルートさんはわたしの存在に気づくと、一番初めにわたしのことを心配してくれる。

「心配かけて、ごめんなさい」

ムムルートさんに心配をかけたので謝る。

「嬢ちゃんがどれほど強いか知らんが、今回のようなことは、もうやめてくれ。もし、嬢ちゃんに死なれでもしたら、悔やみきれない」

本当に心配をかけたみたいだね。

「それでコカトリスはどうなった？」

「倒したわよ」

わたしでなく、サーニャさんが答える。

「そうか、無事に倒せてよかった」

ムムルートさんはコカトリスが倒されたと聞いて安堵《あんど》の表情を浮かべる。

「2人ともご苦労だった」

ムムルートさんの頭の中ではサーニャさんたちがコカトリスを倒したことになっているみたいだ。

それなら、それでいいかな。

わたしがそんなことを考えていると、バカ正直な者がここにいた。

「俺たちが駆けつけたときには、コカトリスはすでにユナによって倒されていた。俺たちはなにもしていない」

ラビラタは表情一つ変えずに説明する。

たしかに、黙っているようにとは言ってないけど、空気を読んでほしい。

「嬢ちゃんが……、本当なのか？」

ラビラタの言葉を疑うようにサーニャさんに再確認する。

「先日も話したけど、ユナちゃんはこんな見た目だけど優秀な冒険者なの。さすがにわたしたちが着く前に倒しているとは思わなかったけど」

こんな見た目とかツッコミを入れたいけど、見た目のことで反論はできないのでぐっと我慢する。

「長《おさ》、事実だ。コカトリスが倒れていたことは俺たちを含め数人が確認している」

「そうか。一緒に戦っているときも、強いとは思ったが、まさかコカトリスを一人で倒すほどとはな」

サーニャさんとラビラタの言葉をどこまで信じてくれたのか分からないけど、わたしが討伐したことは信じてくれたみたいだ。

「ムムルートさんが、初めの一体を倒してくれたおかげだよ。だから、残り一体も倒すことができたよ」

「そうか。だが、どうやってもう一体のコカトリスは倒したんだ」

やっぱり、倒した方法が気になるよね。

「詳しく説明はできないけど、隠し技でね」

「つまり、見られたくなかったから、わしを逃がしたのか？」

「う〜ん、そういうわけじゃないけど、ちょっと危ない魔法だったから、離れてもらっただけだよ」

クマの電撃に触れようものなら、感電死する。クマ魔法はどれも危険だ。

「たしかに、酷い状況だったわね」

サーニャさんは戦った後の現場を思い返すように言う。あれは、わたしだけがやったわけじゃない。コカトリスやムムルートさんの攻撃だって入ってる。わたしだけじゃないよ。

「それにムムルートさん、コカトリスの戦いで消耗していたでしょう。あのままムムルートさんが戦っていたら、大怪我をしたと思ったから」

「だから、あのようなことをしたわけか」

「わたしが任せてと言っても、ムムルートさん、わたしに任せてくれなかったでしょう」

「それは……、任せなかったと思うが」

ムムルートさんはわたしを逃がそうとした。わたしに任せようとは考えなかったはずだ。

「だから、強引だったかもしれないけど、くまきゅうにムムルートさんを安全なところに運んでもらったの。これはわたしのわがままだから、ムムルートさんは気にすることはないよ。説明もしなかったわたしが悪いんだから」

わたしはポーカーフェイスで、ムムルートさんに説明する。

少しだけ足手《あしで》まといと思ったことは心の奥深くに沈めておく。

「……嬢ちゃん」

ちょっとカッコよく言いすぎたかな。でも、クマの格好で言っていると思うと、説得力ゼロだよね。

「そうか、嬢ちゃんには感謝しないといけないな」

「村の子供たちを危険な目に遭わせたくなかったし、わたしができることをしたまでだよ」

と優等生っぽく答えておく。

「嬢ちゃん、改めて礼を言う。ココトリスを倒してくれて、村を助けてくれて感謝する」

ムムルートさんは頭を軽く下げる。

真っ直ぐにお礼を言われると恥ずかしい。

それから、ラビラタは魔物の討伐の報告をする。サーニャさんが見つけた魔物は全て倒したらしい。

タイガーウルフもいたらしいから、毛皮をゲットだね。

わたしは素材のことで思い出す。

「ムムルートさん、コカトリスの素材どうします？　一応、回収してきたけど」

一体はわたしが倒したのだから、欲しい。

「嬢ちゃんが欲しいなら、もらってくれ」

「2体とも？」

「わしらにはヴォルガラス、ウルフ、タイガーウルフがあるから不要だ。商人と取引するなら、それだけで十分だ」

それなら、ありがたくコカトリスはもらっておくことにする。

「ユナちゃん、売るときは王都の冒険者ギルドでお願いね」

それは「分かりません」と返事をしておいた。

別にお金には困ってないから、無理に売る必要はない。

でも、なにか作れるなら作りたいからね。

ゲームなら防具とか作るんだろうけど、防具に関しては必要はないからね。武器もミスリルナイフがあるし。しばらくはクマボックスの肥やしになりそうだ。

　とりあえず、魔物の心配もないと思っていると、「長、大変だ」と声をあげながら、男性が部屋に入ってきた。

「どうした!?」

「魔物が神聖樹の結界の中に入った」

「それは本当か!」

「俺たちじゃ入れない。長、急いでくれ」

「分かった。サーニャ。神聖樹に向かうぞ」

　どうやら、戦いはまだ続くみたいだ。

「お爺ちゃん! でも、その体じゃ」

「しばらく、休んでいたから大丈夫だ。ラビラタ、馬の用意を! ラバーカはアルトゥルにも連絡を」

　ムムルートさんは立ち上がると指示を出す。ラビラタとラバーカと呼ばれたエルフは頷《うなず》くと部屋から出ていく。

「お爺ちゃん、本当に大丈夫?」

「ああ、問題はない。それよりも急ぐぞ」

　ムムルートさんとサーニャさんは部屋を出ていく。もちろん、わたしもその後をついていく。

わたしたちが外に出ると、すでに馬が用意されていた。

ムムルートさんとサーニャさんは馬に乗る。

「ラビラタ、村のことはお主に任せる」

「分かった」

ムムルートさんは馬を走らせる。

「お爺ちゃん！」

サーニャさんも後を追いかける。

わたし？　もちろん、追いかけるよ。

わたしはくまきゅうを召喚するとムムルートさんとサーニャさんの後を追いかける。

248　クマさん、神聖樹に向かう

わたしたちは神聖樹がある場所に向かう。

ムムルートさんたちが走らせる馬は速い。でも、わたしを乗せるくまきゅうはついていく。

そして、それほど時間をかけることもなく、到着する。

ここは？

馬を止めた場所は岩山の下。

神聖樹はどこ？

周囲を見回すが神聖樹らしきものは見えない。

「どこに神聖樹があるの？」

「ユナちゃん、ついてきていたの？」

どうやら、後ろを走っていたことに気づいていなかったようだ。

「だって言ったら、止められるかと思ったから」

「ユナちゃん……」

「どっちにしろ、神聖樹がある結界内には入れないわよ」

入れないことは分かっているけど、神聖樹を見ることはできると思った。でも、その神聖樹らしきものがどこにもない。

「ついてきてしまったものはしかたない。嬢ちゃんには入り口を守ってもらえばよかろう」

「うん、それでいいよ」

よく分からないけど。

わたしがそう言うと、ムムルートさんたちは馬を降りて、移動し始める。少し移動すると、岩山に洞窟があった。ここが神聖樹がある入り口？

「どうやら、近くに魔物はいないようね」

「でも、油断するでないぞ。ラバーカの話では魔物が神聖樹の結界の中に入ったらしい。他にもいるかもしれない」

サーニャさんの安堵《あんど》の声にムムルートさんが気を引き締めるように促す。

くまきゅうが岩山にある洞窟のほうを見て「くぅ～ん」と鳴く。わたしはくまきゅうの反応を見て、探知スキルを使う。岩山の向こう側に魔物の反応がある。

「ユナちゃん、もしかして？」

「うん、この岩山の奥に、魔物がいるみたい」

探知スキルには何匹ものウルフとヴォルガラスの反応があり、寄生樹の反応もある。

やっぱり、寄生樹に取りつかれているみたいだ。

「ラバーカの言うとおりか」

ムムルートさんは洞窟を見る。

「でも、魔物は入れないはずなのに」

「すでに結界に綻《ほころ》びが出ている。魔物が入り込んでいてもおかしくはない」

洞窟の近くに移動する。その洞窟の前に石碑が3本立っている。

どうやら、ここが入り口みたいだ。

やっぱり、中に入れないのかな？

入りたいな。

洞窟を覗《のぞ》いてみるが、中は真っ暗だ。

見えない。

「サーニャ、中に入るぞ。嬢ちゃん、すまないが、魔物が近寄ってきたら、頼む」

「ユナちゃんには迷惑をかけてばかりね」

2人に頼まれたら、引き受けるしかない。

「うん、入り口はわたしとくまきゅうに任せておいて。魔物は入れさせないよ」

とは言ったけど、わたしも入りたいな。

わたしは上を見上げる。高いが、クマ装備なら登れないほどではない。

くまゆるとくまきゅうが空を飛べれば神聖樹が見ることができそうだけど、そんな能力は持っていない。そもそも、クマは空を飛べないから、しかたないことだ。

そのとき、くまきゅうが悲しそうに「くぅ〜ん」と謝るように鳴く。

もしかして、わたしが考えていること、感じとったの？

「くまきゅう、ごめん。そんなつもりで考えたんじゃないよ。だから、そんな悲しい声で鳴かないで」

謝るようにくまきゅうの首を抱きしめて、体を撫《な》でてあげる。

くまゆるとくまきゅうは空が飛べなくても、わたしのためにとても頑張ってくれている。

移動するときはくまゆるとくまきゅうはわたしを乗せて走ってくれる。

わたしがくまゆるとくまきゅうの上で寝ていても走り続けてくれる。

野宿をしたときも、わたしが安心して眠れるように、見張りをしてくれる。

朝になれば起こしてくれる。

感謝することはあっても、文句を言うことはない。

一緒にいてくれるだけで、十分だ。そんな気持ちを込めて、くまきゅうの頭を撫でてあげる。わたしの気持ちが伝わったのか、くまきゅうは嬉しそうにする。

機嫌がよくなってよかった。

「どうしてだ!?」

わたしがくまきゅうを撫でていると、ムムルートさんが声をあげる。

なんだろうと思ってムムルートさんたちのほうを見ると、洞窟の近くにある石碑みたいなものに触れている。

「どうして、反応しない!?」

ムムルートさんは何度も手を押しつける。

「お爺ちゃん？」

「サーニャ、魔力を流してみてくれ」

サーニャさんはムムルートさんに代わって石碑に手を置いて魔力を流す。

「反応しない。どうして、昨日は動いたのに……」

サーニャさんも何度も魔力を流すが反応しない。ムムルートさんは洞窟に向かって歩きだし、洞窟に入ろうとするが、なにかに阻《はば》まれているかのように、洞窟の中へ進むことができない。

サーニャさんも同様に洞窟に手を伸ばすが拒まれる。まるでパントマイムをしているような不思議な動きをしている。

「なぜだ。サーニャ、もう一度だ」

2人はもう一度、石碑に手を当てて魔力を流すが何も起こらない。

「昨日は入れたはずなのに、どうして？」

「もしかして、完全に寄生樹に乗っ取られたのか。それで、魔力認証ができなくなったのか？」

「冗談でしょう」

2人に焦りの表情が浮かぶ。

ある程度の予想はつくけど、わたしはサーニャさんに尋ねる。

「サーニャさん、どうかしたの？」

「本来はこの石碑に魔力を流すと、この石碑が光って、光っている間にわたしたちは結界の中に入れるようになるの」

「それが魔力を流しても光りもしないし、なにも反応しなくなった」

昨日まで入れていた結界に入れなくなったんだ。それなら慌てるだろうし、焦りもする。

サーニャさんたちは何度も石碑に魔力を通すが反応はない。

この石碑を壊したら、どうなるのかな？

それで結界が壊れたら、それはそれで問題はあるけど。

「サーニャ、神聖樹の確認を」

ムムルートさんの指示でサーニャさんは召喚鳥を召喚して空高くに飛ばす。

もしかして、上からなら見ることができるの？

召喚鳥は岩山の先に消えていく。

どこまでが神聖樹の結界の中なのかな。

それとも動物は大丈夫とか。もし召喚鳥が結界の中に入れるなら、くまゆるとくまきゅうも入れることになるのかな？

サーニャさんは目を閉じている。召喚鳥の目で見たものを見ているのだろう。

召喚鳥の能力は便利だけど、このときのサーニャさんは目を閉じてしまうので無防備になる。

「前よりも酷い状況になっているわ」

「やはり、そうか」

「お爺ちゃん、どうする？」

サーニャさんの言葉にムムルートさんは悩む。

「アルトゥルさんを待って、結界を解いたらどうかな？　そしたら、誰でも入れるんじゃない？」

そしたら、わたしも結界内に入れるようになり、わたしもお手伝いができる。

「それができない」

「えっ、そのためにサーニャさんを呼んだんじゃないの？」

ムムルートさん、サーニャさん、アルトゥルさんの3人がいれば封印が解除できると言っていたはずだ。

「封印の解除、封印を作る、それらは全てこの結界内で行われるの。だから、中に入れないと封印の解除はできないの」

サーニャさんは目を開けると、わたしの疑問に答えてくれる。

わたしは結界がどんなものなのか気になったので、洞窟のほうに近づいてみる。

たしか、このあたりに見えない壁が、………手をゆっくりと伸ばしていく。

あれ、このあたりにあったと思うんだけど、わたしのクマさんパペットは何にも邪魔をされることがなく、伸ばしたクマさんパペットはどこまでも先へ行く。

見えない壁があると思い込んでいたわたしはバランスを崩して、前のめりに倒れてしまう。

「うわっ！」

「ユナちゃん!?」

わたしのことに気づいたサーニャさんがわたしのほうを見る。

クマの着ぐるみのおかげで痛くないけど、なにもないところで倒れる姿を見られると恥ずかしい。

「ユナちゃん、大丈夫？」

サーニャさんが近寄ってくるが見えない壁に阻まれて、わたしのところに駆け寄ることができない。

「ユナちゃん？　どうやって中に!?」

わたしは周りを見回す。

岩山の洞窟の中にいるみたいだ。

「嬢ちゃん……」

ムムルートさんも不思議そうにわたしを見ている。

わたしは一度、岩山の洞窟から出る。

「嬢ちゃん、どうやって中に……？」

そんなのわたしだって分からない。

「えっと、普通に入っただけだよ」

わたしは証明するように、もう一度洞窟の中に入る。

結界に阻まれることもなく洞窟の中に入れる。

ムムルートさんも後に続こうとするが、見えない壁に邪魔されてわたしのところに来ることはできない。

「どういうことだ？」

それはわたしのほうが聞きたい。考えられることは神様にもらったクマの着ぐるみのおかげぐらいだ。逆に言えば、それぐらいしか思いつかない。

でも、クマの着ぐるみのことは説明できない。

だから、「分からない」としか言いようがない。

「えっと、わたしが中の魔物を倒してこようか？」

中に入れるのはわたしだけだ。中には魔物がいる。そして、神聖樹がある。

せっかく結界の中に入れたんだ。行かない手はないよね。

ムムルートさんは悩むが反対する言葉は出てこなかった。

「……嬢ちゃんには、迷惑をかける」

ムムルートさんは少し考えて、申し訳なさそうに口を開く。

許可が下りた。これで神聖樹を見ることができる。

「ユナちゃん、気をつけてね」

2人に見送られながら、わたしは岩山の洞窟の中に入っていく。

そして、自分もと言わんばかりに、くまきゅうが普通についてくる。くまきゅうも結界の中に入れるんだね。

ムムルートさんたちは驚いたようにくまきゅうを見送る。

まあ、一緒に入ってこられなくても、わたしが中で召喚すればいいだけのことかもしれない。

洞窟の中は暗いので、クマのライトを作り、浮かび上がらせる。クマの顔をした光が洞窟の中を照らしてくれる。

少し、曲がりくねった道を進むと先に明かりが見える。

出口みたいだ。

わたしは少し小走りで出口に向かう。

洞窟を抜けると、そこは岩山で囲まれた大きく開けた場所だった。

野球場ってイメージが分かりやすいかもしれない。もしくは岩山に囲まれた闘技場。

上を見れば太陽の光が射し込んでいる。

そして、中央を見ると大樹がある。

これが神聖樹。

幹は太く、数人が手を繋《つな》がないと、一周できないほど大きい。

葉は生い茂り、伝説の木といわれても信じてしまうほどの大樹だった。

ただ、その大樹には寄生樹のツルが纏《まと》わりついているため、神秘的な印象は受けない。

ツルがクネクネと動き、気持ちが悪い。

ツルはヴォルガラスとウルフにも巻きついている。ツルはときおり、離れているわたしに反応するような動きもする。

ウルフみたいに餌《えさ》が来たと思っているのかな。

試しに風魔法でツルを斬ってみる。

簡単に斬れるがすぐに再生して、ツルが伸びる。

やっぱり、神聖樹の魔力や魔物の力を吸っているのかな。

このまま成長したら、厄介《やっかい》かもしれない。

とりあえず、この場に入り込んだウルフとヴォルガラスを倒すことにする。コカトリスに比べれば、楽なもんだ。

249　クマさん、寄生樹と戦う

ほかのウルフやヴォルガラスは神聖樹に引き寄せられているのか、神聖樹に近づいていく。

そして、近くに寄ると、寄生樹のツルによって巻きつかれる。

これ以上、寄生樹の養分になっても困るので、わたしは風の刃を飛ばして、わたしの存在を示す。

ウルフとヴォルガラスは神聖樹から離れてわたしに向かってくる。

わたしに襲いかかってくるウルフとヴォルガラスたちをサクッと倒す。

あとは神聖樹だけど、戦っていいのかな？

寄生樹を倒す方法は取りつかれた植物ごと燃やすのが一番。

でも、寄生樹に取りつかれた神聖樹を燃やすわけにはいかない。そんなことすればムムルートさんたちエルフが困ることになる。それにこの立派な木を燃やしたくない。

でも、このまま放置すれば魔物を呼び寄せる木になるかもしれない。

今も寄生樹に捕まったウルフやヴォルガラスは衰弱した動物のように動かない。これはちょっとした恐怖だね。あのツルに捕まればわたしも同じようになるかもしれない。

わたしは一度ムムルートさんに戦ってもいいか確認するために、神聖樹から離れて、洞窟の外に出る。

「ユナちゃん」

サーニャさんたちが心配そうに駆け寄ってくる。その後ろにはアルトゥルさんの姿がある。どうやら、話を聞いてやってきたらしい。ここにいるってことはアルトゥルさんも中に入れなかったみたいだ。

わたしは3人に中の様子を説明する。

「魔物は倒したけど、寄生樹も倒す？」

「倒すって簡単に言うけど。倒せるの？」

「う〜ん、燃やせれば楽なんだけど」

木は燃えるからね。

「それは……」

わたしの言葉にサーニャさんは口ごもる。

エルフにとって大切な木だ。燃やすと言われたら困るだろう。

「分かっているよ。燃やしたりしないよ。何かしら方法があるかもしれないから、試してみるよ」

倒す方法は燃やすだけじゃない。

「ユナちゃん……」

そうは言ったけど、魔力で再生される。神聖樹の魔力を吸い取っているなら、ほぼ無限と言ってもいいかもしれない。エルフの森を囲むほどの結界だ。それが、数百年も続くほどの魔力。わたしの白クマの服でも対抗はできないかもしれない。

でも、戦う方法はある。

「それじゃ、行ってくるね」

わたしが背を向けたとき、ムムルートさんが声をかけてくる。

「嬢ちゃん。もし、寄生樹だけを倒すことが無理だったときは、神聖樹と一緒に燃やしてくれ」

「お爺ちゃん⁉」

「親父⁉」

ムムルートさんの言葉に2人は驚く。

「このままでは神聖樹がどうなるか分からない。理由は分からないが、今は嬢ちゃんは結界の中に入れている」

神様からもらったクマ装備のおかげです。

「もし、今後、嬢ちゃんまで入れなくなった場合、誰も対処ができなくなる」

「でも、ユナちゃん以外の誰かが入れるかもしれないわよ」

「その者に神聖樹が燃やせるか？　エルフの者なら、神聖樹の大切さを誰しも知っている。それにその者が強き者とは限らない。その者が寄生樹と戦いながら、神聖樹を燃やすことができるか？」

「それは……」

ムムルートさんの言葉にサーニャさんは反論できない。

先日、試しに寄生樹と戦ったサーニャさんにはそれが無理なのが分かったみたいだ。

「さらに言えば、エルフは火の魔法は不得意だ。扱えない者のほうが多い。仮に使えたとしても神聖樹を燃やせるほどの力はない。遠くから火矢を放っても、あの寄生樹のツルに阻《はば》まれる」

「……」

「そもそも、神聖樹を燃やすことすらも難しいことだ」

「だけど、ユナちゃんが神聖樹を燃やしたと知れたら、村のみんなが……」

どんな理由があったとしても、いい目では見られないよね。最悪、恨まれる可能性もある。二度とエルフの村に来ることはできなくなる。クマハウスなんて論外だ。

「そのときはわたしが村から出ていくから、皆にはわたしを追い出したことにして」

それが一番丸く収まる。

「ユナちゃん……」

「そのときは、わしが責任をもつ。わしが燃やしたことにする」

「お爺ちゃん」

「結界内に入れることになっているのはわしたちだけだ。おまえたちが話さなければ分からない」

「でも、長《おさ》であるお爺ちゃんがそんなことをしたことになれば」

「そのときはアルトゥルに長の座を譲る」

「親父……」

それだけ、エルフにとって神聖樹は大切な木ってことだろう。

「だから、気にせずに燃やしてくれてかまわない」

そんなことを言われたら、簡単に燃やすことなんて、できなくなるよ。わたしの責任になるなら、それはそれでいいけど、ムムルートさんの責任になるなら、燃やすのは本当に最終手段だ。

ムムルートさんやサーニャさん、アルトゥルさんの顔は悲壮感に満ちている。

だから、ぎりぎりまで悪あがきをしてみることにする。

「なるべく、燃やさないように、寄生樹を倒してくるよ」

わたしはそう言って、洞窟の中に戻った。

そのあとをくまきゅうが相変わらず、一緒についてくる。

わたしは神聖樹の前に立つ。

たぶん、燃やすだけなら、クマの炎を使えば簡単だと思う。

クマ魔法は威力が大きい。使いどころを間違えると大惨事になる。

まずは風の刃を放ち、くねくねと動いているツルを無作為に斬ってみる。でも、すぐに再生してツルが伸びる。

これって神聖樹の魔力で再生しているんだよね。

う〜ん、寄生樹の元になっている場所を見つけるのが一番なんだけど、それが困難だ。

神聖樹の体内に入り込んでいたら最悪だ。

わたしはツルが届かない距離から神聖樹の周りを一周する。幹部分から枝の先までツルが伸びているため、邪魔で分からない。

こういう場合は、装甲が厚いところが怪しいのが定番だけど、ツルがぐるぐると絡みついている箇所が結構ある。

怪しいところが多ければ全て確認すればいいこと。

多少、神聖樹に傷がつくことには、大目に見てもらうことにする。

まずは一番怪しい、幹に大量に絡みついているツルに向けて、縦に一閃《いっせん》、風の刃を放つ。

大樹の中心に縦一本に風の刃が入る。

巻きついているツルが切れるが、すぐに切った場所同士がくっつく。

今度は無数の風の刃を放つ。

さっきと同様にツルは切れるが、やはり再生してしまう。

うん?

ツルの下にある幹が傷ついたようには見えなかった。

意外と神聖樹は頑丈?

なら、もう少し手荒なことをしても大丈夫かな。

小さな竜巻を作り、幹に向かって放つ。竜巻は幹に巻きつき、ツルを切り裂く。しかし、幹には寄生樹の種となる部分は見つからない。

ただ、これほどの魔法でも神聖樹に傷はついてないようだ。

つまり、もっと大きな魔法でも大丈夫ってことだ。

いくつか案を考えてみる。

しかし、思いついた案を実行するには魔力の量に不安が出てくる。

なんといっても相手は神聖樹から、魔力を吸い取って回復力もある。はっきり言って、反則だ。

それなら、こちらもそれなりに対処をしないといけない。

わたしはキョロキョロとあたりを確認する。くまきゅうが「なに?」って顔でこちらを見る。

「なんでもないよ」と言って、岩山の隅に行くとクマの着ぐるみを脱ぐ。

ここには誰も入れないから、着替えを覗《のぞ》かれる心配もない。

現段階でクマハウスを除けば、世界で一番安全な着替え場所かもしれない。

そして、白クマの着ぐるみに着替える。

くまきゅうが「お揃いだね」って嬉しそうな顔をしているように見える。

まあ、これで魔力の回復速度も上がるはず。

相手も回復するんだから、お互い様だ。

わたしは白クマ姿で神聖樹の前に立つと、無数に風の刃を放つ。

右手を振る。左手を振る。左右の手から風の刃が飛ぶ。

風の刃は寄生樹のツルを切り刻んでいく。

でも、ツルは再生を繰り返していく。一方的な攻撃になるかと思ったら、わたしに向けてツルを伸ばしてくる。

えっ、ここまで伸びるの!?

かなり、離れた距離にいたと思っていたんだけど。

少し後方に下がる。だけど、寄生樹がツルについている葉を飛ばしてくる。

おお、そんな攻撃もしてくるんだ。

着替え中にやられていたら、危なかったね。

「くまきゅう、下がって！　もしものときは援護をお願い」

くまきゅうを下がらせて、ツルの根元を狙って切り落とすが、再生の速度が速い。

チートはよくないと思うよ。

わたしは土のドーム形の壁を作り葉の攻撃を防ぐ。

相手は上から葉を飛ばしてくるから卑怯《ひきょう》だ。

ツルは伸びてくるわ。葉を飛ばしてくるわ。威力はないけど、絶え間なく行われるから鬱陶《うっとう》しい。

隙をついて攻撃するけど、再生するから、ほとんど意味がない。

やっぱり、再生が一番ウザイ。

なら、こちらは再生する時間を与えない攻撃をすればいい。葉が邪魔ならなくせばいいこと。

たぶん、これをやれば寄生樹のツルと葉だけでなく。神聖樹の葉は取れ、枝が折れるかもしれない。

多少の犠牲は許してもらう。

寄生樹より、神聖樹のほうが強いことを信じる。

わたしは右手のクマさんパペットに魔力を溜める。

そして、右手を神聖樹に向かって右斜め下に振り下ろすと、神聖樹の周りに風が巻き起こる。

その風は徐々に大きくなり、神聖樹の周りを回り始め、竜巻となっていく。

さあ、勝負といきましょうか。

わたしの魔力が尽きるか。

寄生樹の再生速度が間に合わなくなるか。

神聖樹が竜巻の力に耐えきれなくなるか。

神聖樹の魔力が切れて、寄生樹と共倒れになるか。

4つに1つ。寄生樹が先に力尽きれば、わたしの勝ちだ。


巨大な竜巻が神聖樹を中心に回転する。

寄生樹のツルを切り刻み、神聖樹の葉を巻き上げていく。

ツルは再生するたびに、切り刻まれていく。

竜巻の強さを間違えると、神聖樹にダメージを与えてしまいそうだ。枝ぐらいは許してもらう。

竜巻の強さを調整しながら、耐久勝負に入る。

チート対チート。

魔力回復対魔力回復。

再生対攻撃。

どっちに分《ぶ》があるかは分からない。

膠着《こうちゃく》状態が続くが、わたしの竜巻が徐々に寄生樹を剝《は》ぎ取っていく。ツルは切れ、葉は舞い、枝は折れる。

神聖樹の枝が折れはするが、大樹そのものに被害は出ていない。

このままいけば寄生樹を倒すことができる。

神聖樹の葉が半分ほどなくなったとき、少し上のあたりで何かが光ったように見えた。

気のせいかと思ったが、また、一瞬光る。

竜巻の隙間から、たまに緑色に光るものが見える。

寄生樹のツルが切れる瞬間、何かが光る。だけど、すぐに再生して、光が消える。竜巻がツルを切ると光る。それが何度も繰り返される。

目を凝らして見る。

もしかして、寄生樹の魔石？

神聖樹の魔石の可能性は？

神聖樹？

寄生樹？

そもそも、神聖樹に魔石なんてあるの？

考える。

神聖樹に魔石があるとしても、幹の中心にあるはず。

そもそも寄生樹のツルを切って出てきたものが神聖樹のもののわけがない。

なにより、この竜巻の中、神聖樹の幹はしっかり根を張り、耐えている。幹の奥まで傷ついてはいない。

なら、答えは一つ。あれは寄生樹の魔石だ。

わたしは魔力を込めて、竜巻を強める。

神聖樹が大きく揺れる。

葉は飛び、細い枝は折れる。同時に寄生樹の魔石がハッキリと見えるようになる。

上の枝分かれする場所に大きな種のようなものの中心に緑色の魔石が見えた。

あの魔石を破壊すれば寄生樹は死ぬはず。

「くぅ～ん」

くまきゅうが心配そうに鳴く。

大丈夫だよ。

わたしはクマボックスからくまきゅうナイフを取り出し、黒クマパペットにしっかり咥《くわ》えさせる。

そして、神聖樹を中心に回っている竜巻を消す。それと同時に寄生樹の種の魔石に向けてくまきゅうナイフを投げる。

竜巻に巻き込まれた寄生樹のツルや神聖樹の葉が舞い落ちる中、銀色に輝くくまきゅうナイフが一直線に魔石に向かって飛んでいく。

竜巻が消えると同時に寄生樹は魔石の周辺を再生させて、魔石がある種を包み込む。

普通のナイフなら防がれたかもしれないが、ガザルさんが作ってくれたミスリルナイフだ。切れ味は最高級。くまきゅうナイフは寄生樹の種に命中して、魔石を破壊する。
すると神聖樹に絡みついていたツルは動きを止め、再生も止まる。
耐久勝負はルール変更をしたわたしの勝ちになった。
勝てば官軍とはよく言ったものだ。
まあ、寄生樹相手に使う言葉ではないけど、わたしの勝利だ。

250 クマさん、パンツを見られていた

わたしは改めて神聖樹を見る。竜巻によって舞い上がっていた神聖樹の葉が空から舞い落ちてくる。舞い落ちてくるってことは枝から葉が取れたってことになる。神聖樹を見ると見事に枯れ木のように禿《は》げてしまっていた。

最後のほうで竜巻の威力を増したせいだ。なんとも寂しい木になってしまった。

これ、時間が経てば元に戻るよね？

……だんだんと不安になってくる。

う～ん。舞い落ちる葉の中、わたしは考える。

もしかして、魔力を流せば復活とかしない？

もしくは回復魔法？

よく、漫画とかで魔力を注ぐと復活するとかあるけど。

まあ、試しにやってみて、ダメなら「時間が解決してくれるよ」と言って誤魔化すことにしよう。

わたしは枯れ木のようになった神聖樹に近づき、黒白クマパペットで太い幹に触れ、葉が生えるイメージをしながら回復魔法を使う。

おお、魔力を飲むように吸い込んでいく。

でも、吸いすぎじゃない？

白クマの着ぐるみのおかげで魔力は回復を続けているはずだけど、それ以上に神聖樹に魔力を吸収される。

すると、神聖樹が光り始める。

おお、ゲームイベントみたいだ。

目を開けていられないほどに輝く。神聖樹から手を離し、手で目を覆う。

そして、光がやみ、目をゆっくりと開ける。

わたしが神聖樹から離れて確認すると、そこには葉が生い茂っている神聖樹があった。

どうにか、うまくいったみたいだね。

だけど、少し魔力を使いすぎたみたいだ。

わたしは少しふらつくと、後ろに倒れそうになった。

でも、くまきゅうが支えてくれる。

「くまきゅう、ありがとう」

「くぅ〜ん」

くまきゅうに支えてもらいながら見る神聖樹は、名にふさわしく神々《こうごう》しく見えた。

葉は生き生きとした綺麗《きれい》な色になっている。

これが本当の姿なんだね。

わたしが神聖樹を見ていると、後ろが騒がしくなる。

「なんだこれは⁉」

声がするほうを振り返ると、ムムルートさん、サーニャさんとアルトゥルさんが呆然《ぼうぜん》と立ち尽くしていた。

視線は神聖樹とわたしに交互に向けられている。

「3人はどうしてここに？　結界で入れなかったはずじゃ」

「いきなり石碑が光りだしたと思ったら、中に入れるようになったのよ」

えっと、つまり、わたしが寄生樹を倒して、神聖樹に魔力を与えたことで元に戻ったってことかな？

まあ、それ以外に考えられないけど。

「嬢ちゃん、どういう状況なのか、説明をしてくれるか？」

蘇った神聖樹を見上げながらムムルートさんは尋ねてくる。

説明と言われても、そんな難しいことじゃない。

「えっと、寄生樹を倒して、神聖樹が復活した？」

首を傾《かし》げながら、説明する。

それ以外に答えようがない。

「それじゃ、やはり、あの竜巻は嬢ちゃんが」

「あの竜巻、凄《すご》かった」

わたしは神聖樹を見上げる。たしかに竜巻は大きかった。

神聖樹を覆うほどの竜巻を起こし、かなり高くまで巻き込んでいた。

竜巻はムムルートさんたちがいる外まで見えていたようだ。

「竜巻で寄生樹の再生するツルを片っ端から切ったからね」

「竜巻で寄生樹を……、そんなことを？」

「再生される前に倒せばいいと思ったのよ」

「なんて、無茶なことを」

「寄生樹に攻撃したとき、神聖樹に傷がつかなかったから、成功すると思ってやっただけだよ」

「いや、それもそうだが、魔法も凄いと思ってな」

まあ、寄生樹は再生能力が凄かっただけで、他はたいしたことはなかった。

風の刃を放てば簡単に切れるし、攻撃力もない。ツルに捕まらなければ怖くはない。

ムムルートさんたちはわたしの説明を呆《あき》れたように聞いている。簡単には信じられないことだけど、寄生樹を倒し、神聖樹を取り戻した。

「なるほどな、あれほどの魔法が使えるなら、コカトリスも倒せるわけか」

ムムルートさんは納得してくれたみたいだ。

「そのせいで、神聖樹の枝や葉も巻き込んじゃったけど」

わたしが視線を地面に向けると3人も下に目を向ける。

地面には嵐が過ぎ去ったかのように、神聖樹の枝や葉が舞い落ちて、緑の絨毯《じゅうたん》のようになっている。

「だが、神聖樹の葉は……」

3人は地面に広がる枝葉と、青々と生い茂る神聖樹を交互に見ている。

「すまぬ。わしには理解ができない」

「親父、俺もだ」

ムムルートさんとアルトゥルさん2人は混乱しているようだ。

まあ、地面に大量の神聖樹の葉が落ちているのに、神聖樹には葉が生えている。

疑問に思うのはしかたない。

「でも、ユナちゃん。この状況はなんなの？　ユナちゃんの魔法で神聖樹の葉が落ちたのは理解できるけど、どうしてまだ神聖樹に葉が茂ってるの？」

サーニャさんは地面に落ちている葉と神聖樹に生い茂っている葉を交互に見ている。

「それにわたしが昨日見たときよりも、神聖樹の葉が生い茂っているし、こんなに生気はなかったはずよ」

「竜巻で寄生樹を倒したんだけど、寄生樹のせいで神聖樹が魔力不足に見えたから、魔力を注ぎ込んだだけだよ。そしたら、神聖樹が光ったと思ったら、葉が生えてきたんだよ」

「神聖樹に魔力を注いだだと？」

嘘《うそ》はついていない。言葉を濁しただけだ。

「あの光は神聖樹が光ったものだったのか」

葉が生えた理由は回復魔法の可能性が高いけど、光った理由はわたしも分からない。

「ユナちゃんも神聖樹に魔力を与えるなんて、無茶なことをするわね」

わたしもそう思うよ。

そのせいで魔力は空っぽに近い。

白クマの着ぐるみとはいえ、短時間で魔力は回復しない。

体も少しだるいし、帰って眠りたいところだ。

「嬢ちゃんが神聖樹に魔力を与えてくれたおかげで、神聖樹が本来の力を取り戻し、我々も結界の中に入れるようになったのか？」

そのあたりのことはわたしに聞かれても、答えようがない。

ただ、寄生樹が討伐されたことで、結界が元に戻ったのは間違いないと思う。

「話はだいたい分かったけど、どうして着替えたの？　いきなり、服を脱ぎだしたときは驚いたわよ」

「……！」

今、なんとおっしゃいました？

服を脱ぎだすところを見ていたと聞こえたんだけど。

……、つまり、そういうことなのかな？　かな？

わたしは疑問をサーニャさんに問いかけてみる。

「え〜と、それって、召喚鳥でわたしのことを見ていたってこと？」

「ええ、ユナちゃんのことが心配だから、初めから見ていたわよ。でも、ユナちゃんの風魔法で起こした竜巻のせいで最後まで見ることができなかったけど」

サーニャさんはとんでもないことを言いだす。

つまり、わたしの着替えシーンは、初めから終わりまで見られていたということになる。

あんな姿やこんな姿をサーニャさんに……。

わたしは膝を落として、地面に手をつく。

せめてもの救いはサーニャさんが女性ってところだろう。

召喚鳥のことをすっかり忘れていたわたしも悪いけど、着替えを見られていたと思うと恥ずかしい。

これがムムルートさんやアルトゥルさんだったら、恥ずかしくて、この場から逃げ出していたかもしれない。

わたしは体に気合いを入れて、立ち上がろうとする。

でも、次のサーニャさんの言葉で再度、落ち込むことになる。

「だ、大丈夫よ。わたししか見ていないから、それも遠くから見ていたから、ユナちゃんのパンツも、クマさんだなんて……」

立ち上がったわたしを叩き落とすサーニャさん。

もう、帰りたい。

落ち込んでいるわたしをくまきゅうが頬《ほお》ずりをして慰めてくれる。

くまきゅう、ありがとう。

「ああ、もう、別にわたしに見られても恥ずかしくはないでしょう。ユナちゃんの着替えはお風呂で見ているんだから。わたしだって見られているし、お互いさまでしょう」

落ち込んでいるわたしに、サーニャさんはお互いさまと言うけど、風呂場の脱衣所でお互いに見るのと、わたし一人だけが外で着替えをしているのを見られるのは別物だ。

簡易更衣室を作るべきだった。

誰よ。クマハウスを除けば、一番安全な着替え場所とか言ったのは……わたしだよ。

あのときのわたしに言ってあげたい。更衣室で着替えろと。

「それで、どうして、ユナちゃんは着替えなんてしていたの？」

サーニャさんがわたしの白クマの服を見ながら質問をしてくる。

王都からエルフの村に来るまでの間に何度か、白クマの姿は見られているが、わたしも説明はしなかったし、サーニャさん的にはパジャマぐらいに思っていたかもしれない。

「白いクマだと、魔力を回復してくれるの。寄生樹と戦うのに必要だと思ったから、着替えたんだよ」

「そうなの？　その格好はユナちゃんの趣味じゃなかったのね」

わたしだって好きで、この格好をしているわけじゃない。

これも全てこの世界に連れてきた神様のせいだ。

わたしはどうにか精神を立て直す。


そして、全て説明が終わると、3人に改めてお礼を言われた。

最後のほうではムムルートさんの目にはうっすらと涙が浮かんでいるように見えた。

たぶんだけど、この数日間の緊張が取れたんだと思う。

寄生樹に寄生されている神聖樹を発見するわ。コカトリスが襲ってくるわ。神聖樹の結界の中には入れなくなるわ。いろいろと気苦労があったはずだ。

本当に思う。長《おさ》とか、領主とか、国王とか、気苦労が多い仕事なんてするものではない。

ムムルートさんや、クリフや国王を見ていると、余計にそう思う。

面倒事は他人任せが一番で、好きなことをやるのが一番ラクだ。

うん、典型的なダメ人間の思考だね。

元引きこもりの、ゲーマーだからしかたない。

「それじゃ、神聖樹を確認したら一度村に戻るぞ」

ムムルートさんの言葉に3人は動きだす。

わたしも忘れずにくまきゅうナイフの回収をしないといけない。

ここからだと葉のせいでナイフの確認ができないので、神聖樹に近寄る。

「上にナイフがあるんだけど取ってきていい？」

神聖樹の根元にいるムムルートさんに尋ねる。

神聖樹に登ってはダメだとか言われなければいいんだけど。

「わたしが取ってきてあげるわ。どのあたり？」

近くにいたサーニャさんが申し出てくれる。

「自分で取るから大丈夫だよ」

「さっきから、ふらついているわよ。ユナちゃんは、休んでいて」

たしかに魔力の使いすぎで、少しだるい。これはクラーケンを討伐したときと同じ感覚だ。魔力の使いすぎが原因みたいだ。最後の神聖樹に回復魔法をかけたのがダメ押しだったみたいだ。

わたしはサーニャさんにくまきゅうナイフが刺さっている位置を教えて、くまきゅうナイフの回収をお願いする。サーニャさんは神聖樹に登り、くまきゅうナイフを持って戻ってくる。

「ありがとう」

「このぐらいいいわよ。ユナちゃんがしてくれたことを考えれば些細《ささい》なことよ。ユナちゃんは休んでいて」

わたしはお言葉に甘え、白クマ姿のままくまきゅうに寄りかかり、３人の様子を見る。

サーニャさんはムムルートさんやアルトゥルさんと一緒に神聖樹の確認を始める。

ムムルートさんは幹のあたりを調べ、サーニャさんは地面に落ちている葉を調べ、アルトゥルさんは神聖樹の上のほうを調べている。

わたしは確認が終わるまで、くまきゅうに寄りかかりながら待つことにする。

251　クマさん、契約魔法の話を聞く

「ユナちゃん、動ける？」

神聖樹の確認を終えたサーニャさんがやってくる。

「うん、休んだからね。でも、今日はもう動きたくないかな」

動けるぐらいには復活しているけど、動きたくない。くまきゅうに抱きついたまま、寝たいぐらいだ。

「それはそうよ。ユナちゃん、今日だけでコカトリスと戦い、神聖樹に取りついた寄生樹と戦ったんだから」

「そうだ。嬢ちゃんはそれだけのことをしたんだ、疲れていてもしかたないことだ」

サーニャさんと会話をしているとムムルートさんとアルトゥルさんがやってくる。

2人は神聖樹に登ったり、寄生樹の動かなくなったツルなどを処理していた。まあ、動かなくなったとはいえ、寄生樹のツルだからね。

「こんなもんだろう。村のことも気になる。今日は一度、村に戻るぞ」

「神聖樹は大丈夫そう？」

「たぶん、大丈夫だろう。だが、しばらくは様子を見ることになる」

まあ、これだけの大樹だ。簡単には全ての確認はできないだろう。

寄生樹がどうやって、種を蒔《ま》いて増えていくか知らないけど、そのあたりもちゃんと確認しないと同じことが起きる可能性がある。二度と今回みたいなことが起きないよう願うだけだ。


わたしたちは神聖樹がある岩山の洞窟から外に出る。

外に出たムムルートさんたちは再度、結界に入れるか確かめる。石碑に魔力を流すと石碑は光り、洞窟の中に入ることができた。

「えっと、ユナちゃんも確かめてくれる？」

サーニャさんは自分が入れることを確認すると、わたしに頼んでくる。

わたしはサーニャさんたちみたいに石碑に手を当てることもせずに、一人で洞窟に向かう。

わたしは手を伸ばしながら進む。もし結界があれば壁みたいなものがあるはずだ。でも、わたしの手はなにに邪魔をされることもなく、体は洞窟の中に入っていく。

「どうしてなのかしら？」

「嬢ちゃんは遠縁にエルフがいたりするのか？」

異世界人の自分にエルフの血が流れているわけがない。

だから、左右に首を振る。

「でも、ユナちゃんにエルフの血が流れていたとしても、入れる理由にはならないわ」

ムムルートさんの言葉を、すぐにサーニャさんが否定する。

入れる理由は、たぶん神様からもらったクマの着ぐるみのせいだと思う。

でも、それを口にすることはできない。

「まあ、そうだな。しかし考えても理由は分からん。今は嬢ちゃんが神聖樹に悪意がないことだけが分かれば問題はない」

そんなものはない。葉や枝が欲しければお願いをすればいいし。


わたしたちは村に戻ってくると、村の中は平穏そのものだった。

あれから、魔物がやってきたってこともなさそうだ。

「それじゃ、家に帰って休ませてもらうね」

「一人で大丈夫？　なんなら、わたしの家で休んでもいいのよ」

「くまきゅうに乗っていくから大丈夫だよ。それに休むなら、自分の家のほうが落ち着くから」

「そう、ユナちゃん。本当にありがとうね」

「嬢ちゃん、感謝する」

「ありがとう」

3人にお礼を言われ、わたしはくまきゅうに乗って村の外にあるクマハウスに向かう。

ムムルートさんたちはこれから人を集めて、寄生樹が討伐され、神聖樹が元に戻ったことを話すそうだ。

わたしのことは伏せて説明される。

だって、ムムルートさんたちしか入れない場所にわたしが入れたことを知られれば、混乱になる。わたしと寄生樹の関係を疑う者も出てくるかもしれない。だから、討伐はあくまでムムルートさんたち3人がしたことになった。

わたしは英雄になるつもりもないし、村を混乱させるつもりもない。わたしとしてはくまゆるとくまきゅうと一緒に遊んでくれた子供たちが笑顔なら問題はない。


クマハウスに戻ってきたわたしはくまきゅうを子熊化して、子熊化したくまゆるを召喚して、2人を抱きしめたままベッドに倒れる。

ベッドが心地いい。くまゆるとくまきゅうを抱いていると睡魔が襲ってくる。

「くまゆる、くまきゅうお休み」

わたしはくまゆる、くまきゅうを抱きしめたまま、眠りについた。

一度、目を覚ますと夜になっており、腕の中でくまゆるとくまきゅうが寝ている姿があった。わたしはくまゆる、くまきゅうを起こさないように気をつけながら部屋を出て、軽く食事をする。そして、もう一度、部屋に戻ってくると夢の中に向かう。

白クマの格好で寝ていたので、翌日、目が覚めると体調は戻っていた。

ただ、寝すぎて眠い。

朝食を食べたわたしがクマハウスを出ると、そこにはラビラタの姿があった。

「えっと、おはよう」

「ああ、おはよう」

「もしかして、わたしに用？」

「長《おさ》が家に来てほしいそうだ」

クマハウスの場所を知っているラビラタが、わたしに伝えに来たそうだ。

もしかして、ラビラタはわたしがクマハウスを出てくるまで、待っていてくれたのかな？

それにしてもなんだろう？

やっぱり、昨日のことかな？

「昨日は世話になった」

世話って、なにを？　寄生樹のことは黙っているはずだよね？

「コカトリスを倒してくれたおかげで、被害は出なかった。もし、長に何かあれば、大変なことになっていた。感謝する」

そっちの話か。

「気にしないでいいよ。わたしにできることをしただけだから」

「本当に不思議な女の子だな。サーニャが気に入るわけだ」

ラビラタは一人納得したようで、口を閉じる。


そして、わたしたちはムムルートさんの家にやってくる。

「長！　ユナを連れてきた」

ラビラタが玄関から家の中に向かって叫ぶと、家の中から「入ってくれ」と返事が返ってきた。

「それじゃ、俺は行く」

ラビラタはそれだけ言うと去っていく。

わたしは「失礼します」と小さく声をかけて、家の中に入る。いつもの部屋に向かうと、ムムルートさんとサーニャさんがいた。他は誰もいない。アルトゥルさんの姿もない。

「待っていた。座ってくれ」

言われるままに床に腰を下ろす。

わたしは世間一般的に言われている女の子座りをする。

ムムルートさんはわたしが帰った後のことを教えてくれる。

寄生樹を倒したことを説明したこと。

他の者が神聖樹の結界の中に入れないことを確認したこと。

「他の人はやっぱり、入れなかったの？」

「ええ、あれから、数人に試してもらったけど、誰一人入れなかったわ」

あの戦いのあと、もう一度、神聖樹のところへ向かったんだ。元気だな〜と思ったりしたけど、戦ったのはわたしだけだったことを思い出す。

「結界は正常に戻った。これも嬢ちゃんのおかげだ。感謝する」

頭を下げるムムルートさん。

エルフの森の周囲から魔物が消えたそうだ。魔物が寄ってきたのは寄生樹が原因だった可能性が考えられるそう。しばらくは様子をみるという。

「まあ、現状を見る限り、大丈夫だと思うわ。ただ、ユナちゃんが神聖樹の結界の中に入れたことはいまだに謎だけどね。本当になんでなのかしら？」

何度も心の中で言いますが、クマ装備のせいだと思います。それ以外は思いつかない。

たぶん、クマ装備がなければ入ることはできないと思う。

でも、本当のことは話せないので、分からないとしか言いようがない。

「それで、嬢ちゃんに一つ確認をしたいのだが」

「なに？」

「本当に嬢ちゃんが村を救ってくれたことを黙っていていいのか？　なんなら、神聖樹の隣に嬢ちゃんの石碑を立てて、代々、伝えていくことも」

「やめて！」

ムムルートさんが全部言い切る前に言葉を遮る。

エルフたちに永久に祀られるなんて勘弁してほしい。そんなのはミリーラの町だけで十分だ。

ミリーラの町には、これ以上広めないように頼んであるけど、どこまで守られているか分からない。

「我々、エルフを救ってくれたのだから、せめてこのことは我々血族には受け継ぐべきと思うんだが」

「作ったら壊しますよ」

わたしはクマさんパペットを握り締めて、ムムルートさんの前に出す。

「……そこまで言うなら、諦めよう」

わたしの本気度が分かったのか、ムムルートさんは渋々と引き下がる。

この人、本当に残念そうにしているよ。

サーニャさんは横で笑っているし、止めてよ。

エルフに受け継がれたら、千年単位、下手すれば万年単位で受け継がれてしまう。

それだけは防がないといけない。

「それで、ユナちゃんにお礼をしたいんだけど、なにかない？」

来た。

その言葉を待っていました。

えっと、まずはクマハウスの恒久的な設置。エルフの腕輪の作り方。神聖樹の葉が欲しい。枝も使えるようだったら欲しい。なんたって、伝説の木みたいなものだ。役に立つかもしれない。クマボックスにしまっておけば、邪魔にはならない。

あとは食べ物かな。この村はキノコ系が充実している。

焼いてもいいし、肉料理と一緒に食べてもいいし、ピザの上にのせてもいい、キノコは専門家じゃないと採るのは危ない。その点、長年食べているエルフが採ったキノコなら安心だ。

他になにか、お願いごとはあったかな？

まあ、一番はクマハウスだけど、問題はクマの転移門のことだ。さすがに王都から遠いから、何度も行き来したら、怪しまれる。

どうしようかな？

クマハウスを頼むべきか、頼まないべきか。

転移門のことがあるから、転移門が使えなければ、クマハウスの意味がなくなってしまう。

「う～ん」

どうする？

「ユナちゃん。なにをそんなに悩んでいるの？　わたしたちにできることがあったら言って」

「頼みたいことはあるんだけど、わたしの秘密に関わることだから、どうしようかと思って」

「ユナちゃんの秘密？」

「うん、知ってほしいけど、知られると困るっていうか」

説明が難しい。

「我々エルフは村を救ってくれた嬢ちゃんの秘密は守る。なんなら、契約魔法を行ってもよい」

「契約魔法？」

「我々エルフが、誓いを立てたり、エルフの秘密に関することを縛るときに使用するものだ」

「契約魔法を行うと、その契約に反することはできなくなるの」

なにそれ、ちょっと怖いんだけど。

「反するとどうなるの？」

「最悪の場合、死ぬ。基本、話そうとすると息苦しくなったりして、言葉を発することができなくなる。それは文字で伝えようとしても同様だ」

それって呪《のろ》いじゃない？

危険すぎるよ。

「危なくない？」

「それが契約だ。話さなければいいだけだ」

「そもそも、秘密を話さないって契約をしているのに、話そうとするのがいけないわ」

そうだけど。でも、苦しんだり、死なれたら嫌だな。

まあ、それは話したりすればだけど、2人は話したりしないと思うけど、ポロッと漏らすこともあるかもしれない。

昨日のこともある。人前で、わたしが履いているクマさんパンツのことを話した。

「その苦しみって変えることってできる？」

「変えるとは？」

わたしは少し考える。

「……笑いが止まらなくなるとか？」

少し考えて、思いつくままに答える。

笑うなら、苦しいよりもいいよね。

「ユナちゃんって鬼畜ね」

「えっ」

「つまり、笑い殺すってことね」

この人はなにを言うかな。

人が苦しまないようにと考えたのに。

「できなくはないが、いいのか？」

「まあ、苦しくなるよりは、笑いが止まらなくなるほうがいいかと」

「笑い続けるのもつらいわよ」

苦しむ姿よりは笑い苦しんでいるほうがいい。

とくにクマさんパンツを話すような人は笑い苦しんでほしい。笑い苦しみたくなかったら、ムムルートさんの言うとおりに黙ってくれればいいことだ。

「よかろう。明日までに準備をしておく」

「そんなに早くできるの？」

「そんなに難しいものではない。元の契約魔法陣はある。それを精神的な部分を変更するだけだ」

「それで、その秘密って誰に話すの？　わたしには教えてくれるの？　それともお爺ちゃんだけ？」

クマの転移門のことを話すなら、長であるムムルートさんはもちろん、王都に帰るならサーニャさんにはもちろん教えたほうがいい。

さすがにクマの転移門があるのに使わずに帰るのは面倒だ。

だから、話すのはクマハウスを置かせてもらうので、長であるムムルートさん、一緒に帰るサーニャさん、あとはルイミンかな？　契約することができればクマフォンを渡してもいいし。

なので、3人の名前を伝える。

「あら、ルイミンも入っているのね」

「ルイミンなら黙っていてくれそうだし、教えたほうが都合がいいからね」

もし、キノコなどが欲しくなったら、クマフォンで頼むことができる。

「それじゃ、明日までに秘密にすることをしっかり考えて来てくれ」

「ユナちゃんのお願いごとが気になるわ」

それは明日まで内緒だ。

252 クマさん、神聖樹のお片付けをする

話を終えたわたしたちは神聖樹に向かっている。

一応、わたしが結界内に入れるかの確認と、掃除をするそうだ。

神聖樹の中に入れるのはムムルートさん、サーニャさん、アルトゥルさんの3人だけだ。

だけど、アルトゥルさんはエルフの森の外に魔物の確認に行っているそうだ。

それで、神聖樹の中にわたしが入れるようだったら、お手伝いすることになった。

神聖樹のある岩山の前までやってくる。ムムルートさん、サーニャさんは洞窟の前にある石碑に手を触れる。すると、石碑が光り、2人は神聖樹と繋《つな》がる洞窟の中に入っていく。

そのあとをわたしがついていく。

「本当に不思議ね」

わたしがなにもせずに洞窟に入る姿を見て、ムムルートさんとサーニャさんが不思議そうにわたしのことを見ている。

「やっぱり、嬢ちゃんは入れるんだな」

はい、クマ装備のおかげです。

わたしたちが洞窟を通り抜けると、綺麗《きれい》な光景が広がる。

大きな木に生える葉は青々と芽ぶき、空から光が降り注ぎ、輝いているように見える。

「綺麗だね」

「そうね。これもユナちゃんが、寄生樹を倒してくれたおかげよ」

「もう、いいよ。それでなにをすればいい？」

「神聖樹の葉の回収ね。神聖樹の葉は茶葉にして、お茶にしたりして飲むの」

神聖樹のお茶。名前を聞いただけで、なにかしら恩恵が得られそうだ。

「サーニャさん、この神聖樹の葉って、なにか効果はあるの？」

わたしは足元に落ちている葉っぱをクマさんパペットで拾い、尋ねる。

「う～ん、お茶にして飲むと少しだけ魔力と疲労が回復するかしら」

魔力と疲労の回復か、ゲームなら回復ドリンクだね。

「疲れた夜に飲むと翌朝がすっきりするの」

速効性はないみたいだけど、疲れた日にはいいね。

味のほうはどうなのかな？

美味《おい》しいようだったら、欲しいけど。効果があっても不味《まず》かったら飲みたくないからね。

「ちなみに味は？」

「普通かしら？」

なんとも判断に困る返答だ。

「神聖樹だから、イメージ的に美味しいと思ったんだけど」

「まあ、味の好みは人それぞれだと思うから、村に戻ったら飲んでみる？」

「いいの？」

「村を救ってくれたんだから、そのぐらい遠慮しなくてもいいわよ。それに作ろうと思えば、いくらでも作れるしね」

サーニャさんは落ちている神聖樹の葉を見る。

たしかにそうだね。

これが落ち葉だったら、焼き芋をたくさん焼くことができそうだ。今度、フィナたちと焼き芋を食べるのもいいかもね。

「サーニャさん、そのお茶が欲しいって言ったらもらえる？」

「別にいいけど。お爺ちゃん！　ユナちゃんが神聖樹の葉のお茶が欲しいって！」

「それなら、すでに作ってあるのを譲ろう」

「ありがとう」

「葉はたくさんあるけど、作るのに時間がかかるからね」

でも、疲労回復するなら、売ったりしたら儲《もう》かりそうだね。『疲労回復する神聖樹のお茶』とか宣伝したりして。

もっとも、エルフたちがそんな商売をするとは思えないし、神聖樹のことを自ら宣伝す

ると は思えない。

自分たちで飲んでいるだけなのかな？

「それじゃ、わたしたちも葉を片付けましょう」

サーニャさんたちは風魔法を使って、地面に落ちている神聖樹の葉を集めている。代わりにできる者がいないからしかたないけど、村の長《おさ》とその身内が葉っぱ集めをしている姿は、なんともいえない。

わたしも見ていないで、手伝うことにする。

小さな竜巻を起こして葉を掃除機のように竜巻に吸い込ませていく。そして、竜巻の中に葉がいっぱいになったら、竜巻を消す。すると葉の山ができ上がる。この作業を何回も行うことで葉が集められていく。

「ユナちゃん、上手ね。わたしも真似をしてみようかしら」

サーニャさんはそう言うと小さな竜巻を作る。

「あら、簡単に集まるわね」

それを見たムムルートさんも真似をする。さすがエルフだ。簡単に真似をしてしまう。風魔法に関してはエキスパートだね。

わたしたちは手分けをして神聖樹の葉を集める。

かなりの量が集まったから、たくさんの茶葉が作れそうだ。

わたしは枝を拾う。細い枝はやっぱり、折れちゃったね。まあ、これぐらいの被害で神聖樹を守れたのだから許してもらおう。魔力もあげたんだから、神聖樹も怒っていないはず。

わたしは神聖樹の幹に優しく触れる。

「ユナちゃん、どうしたの？」

枝を折っちゃったから、謝っていたなんて言ったら、笑われる。

「ううん、なんでもないよ」

と答え、手伝いに戻る。

「枝も集めているけど、なにかに使えるの？」

神聖樹の木の枝だ。丈夫とか、燃えにくいとか、なにかあるかもしれない。

「お守りを作ったりするわ。神聖樹はわたしたちを長年守ってきてくれた。だから、その木で作ったお守りはご利益があると言われているの」

「ご利益があるの？」

ゲームだと幸運パラメータが上がるとか？

「さあ、どうなのかしら。でも、わたしたちエルフは守ってくれていると思っているわ」

その種族の独特の信仰心みたいなものだろう。

効果のありなしは関係ない。

「枝を少しもらってもいい？」

「欲しいの？」

「話を聞いたら、欲しくなって」

「言っておくけど、効果の保証はしないわよ」

だって、神聖樹の木だよ。エルフの森を囲うほどの結界を作り出すほどの魔力を持っていた木の枝だよ。何かに使えるかもしれないでしょう。ゲームではこの手のアイテムを確保しておくのは常識だ。

別にクマボックスに上限はないみたいだし、邪魔にもならない。

わたしはムムルートさんに許可をもらって、図々しく太い枝から、細い枝までもらうことにした。

それから、寄生樹のツルの残骸を処分し、寄生樹が残っていないことを隅々まで確認する。再生はしないはずだけど、念には念を入れてだ。

そして、片付けを終えたわたしたちは村に戻ってくる。そして、約束どおりに神聖樹のお茶を飲ませてもらうことになった。

「口に合うかしら?」

お茶の色は茶色だ。緑茶とかではないみたいだ。

香りを確かめる。変な臭いはしない。わたしは一口飲む。

うん、少し苦みがあるけど、不味くはない。疲労回復の効果は残念ながら分からなかった。

だって、疲れていないんだもん。

とりあえず、効果のほどは分からなかったけど、一応神聖樹のお茶をもらう。

疲労回復できるなら、お店で働いているみんなに持っていってあげるのもいいかもしれない。

253　クマさん、契約魔法を行う

神聖樹の葉を集め、お茶をいただいた翌日、契約魔法を行うため、ムムルートさんの家に向かう。

そして、ドアをノックして入ると、ベーナさんの姿がある。

「夫なら、いつもの部屋で待っているから、行ってあげて」

そう言うとベーナさんは家から出ていってしまう。

わたしは言われたとおりにいつもの部屋に向かう。

「ユナちゃん、待っていたわ」

部屋の中に入るとムムルートさんとサーニャさん、ルイミンの姿がある。

「準備はできておる。いつでもできるぞ」

ムムルートさんの前には大きな絨毯《じゅうたん》が敷かれている。綺麗《きれい》な模様だ。昨日まではなかった絨毯だ。

この上に座っていいのかな？

「すまないが、絨毯には乗らないでくれ」

「ごめん」

「いや、この絨毯は契約魔法に必要な魔法陣になっている」

「そうなの？」

絨毯を改めて見る。綺麗な円形の模様が描かれている。

「えっと、わたしも契約をするって聞いたんですけど」

ルイミンは詳しい話を聞いていないのか、少し不安そうにしている。

「ルイミンにわたしの秘密を知ってほしい。でも、他の人に知られたくないから、お願いしてもいいかな？」

「わたし、ユナさんの秘密なら話しません。ユナさんが契約をしてほしいって言うなら、します」

「ルイミン、ありがとう」

わたしはお礼を言うとルイミンも嬉しそうにする。

「それじゃ、契約を行う。ルイミン、先にわしとサーニャが契約をする。契約をしている間、家に誰も入ってこないように家の前で、見張っていておくれ」

この家は家主の許可をもらわずに誰でも勝手に入ってくる。

ルイミンはムムルートさんに言われるまま玄関に向かう。

もしかして、さっきベーナさんが家を出ていったのは、ムムルートさんがわたしに気を使って外に行かせたのかもしれない。

「それじゃ、契約を始めよう」

ムムルートさんは魔石を絨毯の上に置き始める。なかには大きな魔石もある。わたしが持っているクラーケンの魔石ぐらいある。色は緑色だけど、緑色の大きな魔物ってどんなものがいるのかな？

やっぱり、クラーケンぐらいの大きさの魔物じゃないとダメなのかな？

そんなことを考えながら、ムムルートさんの準備作業を見る。

「これで準備は終わった。あとは嬢ちゃんが魔力を注ぎ込みながら、契約内容を口にするだけでよい」

意外と簡単にできるみたいだ。

「それでわたしの秘密を話すと笑い苦しくなるの？」

「ああ、嬢ちゃんとの約束に反した場合。笑い苦しむようになる」

それじゃ、この絨毯と魔石があれば、簡単に契約魔法ができるんだ。欲しいけど、ダメだよね。

それとも、お願いすれば、作ってもらえたりしないかな？

「それでユナちゃん、契約内容は？」

初めはクマの転移門のことを話そうと思っていた。でも、一晩考えた結果。

「わたしの全ての秘密を黙っててほしいんだけど、一つずつ言わないとダメ？　今は言いたくないけど、今後話すかもしれないし、そのときに再度契約魔法をするのは面倒だから」

「簡単に言えば大丈夫だ」

「そうなの？」

「嬢ちゃんの魔力に込められている願いに反応する」

「これって、秘密が増えた場合も含まれますか？」

「それは今の嬢ちゃんが知らないことなら無理だ。あくまで、現在嬢ちゃんが秘密にしたいことだけだ」

それじゃ、もし、空を飛べるスキルとか覚えた場合は新しく契約をしないとダメってことらしい。

まあ、わたしも知らない未来のことを契約魔法にはできないよね。

でも、異世界のファンタジーはなんでもありだね。現状で秘密にしたいことは契約できるみたいだ。

まあ、ファンタジーの塊のわたしは人のことを言えないけど。

「わたしが知っているユナちゃんの秘密ってクマさんパンツってことだけよね」

「ちなみに、それも含まれますからね」

サーニャさんを睨《にら》みつけながら言う。

わたしのクマさんパンツは、トップシークレットだ。

「そういえば、同じ契約魔法を行った者同士で秘密を話そうとした場合はどうなるの？」

「嬢ちゃんの心次第だ。嬢ちゃんが誰にも話さないように願えば誰にも話すことはできない。だが、契約者を含まずと願えば、契約者同士は会話ができる」

う〜ん、難しい。

なにかあったときのことを考えたら、会話ができないと面倒になるかもしれない。

「分かった。決めた」

「それなら、始めよう」

「えっと、このままで大丈夫？」

クマさんパペットをパクパクさせる。

「嬢ちゃんの魔力さえ込めることができれば問題ない」

わたしはクマさんパペットのまま緑色の魔石の上に手を置く。すると、ムムルートさんが対面側にある魔石に手を置く。

「魔力を込めて契約内容を言ってくれ」

わたしは魔力を込めながら契約内容を口にする。

「わたしの秘密を他人に口外しないこと。ただし、契約した者同士はそれに含まれない」

すると魔石は輝きはじめ、部屋が目を開けていられないほどの緑色の光に包まれる。

眩《まぶ》しくて目を閉じるが、魔石からは手を離さない。

そして、徐々に光は収まり、消えていく。

もう少しで驚いて手を離すところだった。こんなに光るなら初めに言ってほしかった。

でも、これで契約完了なのかな？

「凄い光だったわ」

「こんなこと初めてだ。光の強さは契約の重みに比例すると言われておる。わしが今まで行ってきた、どの契約の光よりも強かった。それだけ、嬢ちゃんの秘密が重いってことになる」

どうやら、あの眩しいほどの光はムムルートさんたちにとっても予想外だったみたいだ。

でも、契約内容の重みによって光の輝く強さが違うって、わたしの契約内容がそれだけ重いってことになる。

たしかに、わたしの秘密って言葉の中には、異世界人や神様のことや着ぐるみのこと。話す予定のないことも含まれる。

たぶん、そのあたりの影響もあるかもしれない。

「それじゃ、次はわたしね」

サーニャさんがムムルートさんと場所を代わり、魔石に触れようとしたとき、部屋に向かって走る足音が聞こえてくる。

「お爺ちゃん！　お姉ちゃん！　今の光はなに⁉」

ルイミンが部屋の中に駆け込んできた。

「窓から凄《すご》い光が洩れていたけど」

部屋の中をキョロキョロと見ながら話しかけてくる。

どうやら、先ほどの光が家の外に洩れていたらしい。

「大丈夫だ、嬢ちゃんと契約魔法を行っただけだ。それで魔力が魔石に反応して、光っただけだ」

「ルイミン、悪いけど、わたしも契約するから、もう少し見張りをお願い」

「うん」

ルイミンは玄関に戻っていく。

「それじゃ、早くしちゃいましょう」

サーニャさんは魔石に触れる。わたしも対面の魔石に触れて、サーニャさんと契約を行う。

ムムルートさんのときと同じように光が出る。

「あとはルイミンだけだね」

「その前に確認しよう」

「確認？」

「嬢ちゃんも、確認をしないと信じることはできないだろう。それにわしらも契約の『笑う』ってところが、どうなるのか気になる」

たしかに確認は必要と思うけど。

「危なくないの？」

「無理に最後まで話そうとしなければ大丈夫だ。ルイミン！　こっちに来てくれ！」

ムムルートさんが叫ぶとルイミンがやってくる。

「今度は、わたしが契約をするの？」

「その前に契約魔法の確認をする」

「でも、わたしまだ、秘密を話していないよ」

「大丈夫よ。すでに知っていることがあるから」

「そうだな」

「お爺ちゃん、試してみて」

「いや、ここは孫娘に任せよう」

2人は睨み合う。

「ふぅ、分かったわ。先にわたしが確認するけど、お爺ちゃんもしてよ」

「……分かった」

「ルイミン、こっちに来て」

サーニャさんが呼ぶとルイミンがこちらにやってくる。

「それじゃ、話すわね。ユナちゃんのパ、パパパ、パンンンは……」

「ちょ、……」

何を言うのかと思ったら、

「パン？」

ルイミンは小さく首を傾《かし》げる。

サーニャさんが何を言おうとしているか分からないみたいだ。でも、わたしには分かった。わたしのパンツのことを話そうとしている。

サーニャさんはパンツと言おうとするが、言えずにいる。そして、口元がにやけて大きな声で笑いだす。それでも話そうとすると、笑いすぎて咳《せ》き込んだり、涙が出たり、床に転げたりしている。

なんだろう、先ほどから「パン」で止まり、笑いだすから、わたしがクマさんパンツをはいていることを思い出し笑いされている気分になる。

もし、契約のせいで笑っていることを知らなかったら、「ユナちゃん、クマさんパンツをはいているのよ」と笑われていると心の中で思ったかもしれない。

それにしても、サーニャさんはかなり苦しそうに笑っている。

もしかして、普通に苦しむより酷い状態？

それから、笑いが収まるまで数分が過ぎた。

「はぁ、はぁ、お、お爺ちゃん！　普通の契約よりもつらいんだけど」

サーニャさんが息を切らせながら、ムムルートさんに向かって訴える。

「そんなことを言われても知らん」

ムムルートさんもサーニャさんの状態を見て顔が引きつっている。ムムルートさんもここまで酷い状態とは思っていなかったらしい。

「それじゃ、今度はお爺ちゃんね」

サーニャさんは悪い笑みを浮かべながら、紙とペンをムムルートさんに差し出す。

「いや、必要はないだろう。ちゃんと確認がとれたわけだし」

ムムルートさんは逃げようとする。

「お爺ちゃんだけ、逃げるなんてダメよ。今度は文字にしてもダメなところを確認しましょう」

サーニャさんは紙とペンをムムルートさんに差し出す。

「確認は必要でしょう」

「……」

ムムルートさんは諦めたように紙とペンを受け取る。そして、文字を書き始める。たぶん、ムムルートさんもわたしのクマさんパンツのことを書こうとしているんだろう。

ムムルートさんが文字を書きだし、数文字書くと、手が震えて、文字を書くどころではなくなり、ペンを放りだし、紙を握り締め、先ほどのサーニャさんと同様なことが起こる。

サーニャさんは笑みをこぼし、ルイミンは困った顔をしている。

う〜ん、これは酷い。

思いつきで笑いになんて変更するもんじゃないね。

サーニャさんが普通に苦しむほうが楽と言ったのは本当かもしれない。

そして、数分後、ムムルートさんはなにもなかったかのように無言のまま座り直す。

「ゴホン、これで契約魔法の効果は分かってもらえたかな」

ひとつ咳払いをして、わたしのほうを見る。

「わたし、絶対にユナちゃんの秘密を話したりしないわ」

ムムルートさんの姿を見て、自分がどんな姿をしていたのか理解したサーニャさんは力強く誓う。

まあ、あんな笑う姿は他人には見られたくないよね。

わたしだって嫌だ。

「それじゃ、最後にルイミンね」

「えっと、本当に契約をしないとダメですか？」

先ほどの2人の様子を見て、ルイミンは顔が引きつっている。

まあ、先ほどの2人の姿を見ていれば嫌だよね。

「わたし、ユナさんの秘密。絶対に話さないです。約束します」

「ルイミン、これはユナちゃんとの約束なの。ユナちゃんはこの村を救ってくれたわ。それで、お願いごとはあるけど、誰にも話してほしくないみたいなの。それでも、ルイミンには知ってほしいって。ルイミンはそんなユナちゃんの気持ちを裏切るの？」

サーニャさんは悲しむ表情をする。

うん、この顔は嘘《うそ》をついている顔だね。ルイミンだけ、逃がさないための演技だ。だけど、ここには騙《だま》される子がいる。

「……分かりました。誰にも話さなければいいだけだから。でも、確かめるのは絶対に嫌ですよ」

ルイミンは頑として、契約魔法がちゃん契約されているか確認するのは嫌がった。
まあ、わたしの立場でも絶対に断るね。
だから、わたしも了承した。
ちなみにルイミンが契約するときはサーニャさんが玄関で見張りをした。

254　クマさん、秘密を話す

3人との契約魔法が終わった。

「それで、わたしたちにお願いしたいけど、秘密にしてほしいことってなに？」

「家を建てさせてほしいんだけど」

「それぐらいはかまわんが、家を建ててどうするつもりだ。先日も聞いたがこの村に住むわけではないんだろう」

「うん、家の中にこれを置きたいから」

わたしはそう言って、クマの転移門を出す。

「ユナちゃん！　これはなに!?」

いきなり扉が出てきて3人は驚く。

「転移門だよ。この扉を開ければ王都にあるわたしの家に移動ができるの。この村と行き来できるようにしたいから、家を置きたいんだけど」

「扉を開けただけで王都に行けるなんて、そんなことができるわけないでしょう」

まあ、普通は信じないよね。

わたしは証明するためにクマの転移門の扉を開ける。

クマさんパペットによって開けられた扉の先は、ムムルートさんの部屋の中でなく、王都にあるクマハウスの部屋に繋《つな》がる。扉の先に見知らぬ場所が現れて、3人は驚愕《きょうがく》の表情を浮かべた。

「どうなっているの？」

「扉の先が……」

「…………」

3人はクマの転移門の開いた扉の中を、目を見開いて見ている。

サーニャさんはクマの転移門の裏を見たり、グルグルとクマの転移門の周りを不思議そうに回る。

ルイミンは覗《のぞ》き込むようにクマの転移門の中を見るが、中に入ろうとはしない。

「本当にこの先が王都に繋がっているの？」

「王都にあるわたしの家に繋がっているよ」

先にわたしが扉をくぐり、王都にあるクマハウスの部屋に移動する。

わたしが通って見せるとサーニャさんも緊張しながらクマの転移門を通る。サーニャさんが通ると、ルイミンとムムルートさんも続く。

移動すると3人はぐるりと部屋を見回す。

クマの転移門を置いてある部屋だ。ちょっとしたものしか置いていないので、殺風景な部屋になっている。

「本当に王都にあるユナちゃんの家なの？」

「外に出ればサーニャさんなら分かると思うよ」

クマハウスの中では、ここが王都とは分からないので、皆を連れてクマハウスを出る。

クマハウスを出ると、目の前に広がるのはサーニャさんがよく知る王都の姿であり、ルイミンが倒れていたクマハウスの前だ。

そして、3人の見る先には、この王都で一番高い建物であり、同じものが2つとないものが建っている。

「……お城。……本当に王都なの？」

「信じられないです」

「こんな一瞬で……」

サーニャさんは見知った風景に唖然《あぜん》とし、ルイミンはキョロキョロと周辺を見る。ムムルートさんは驚きの表情でお城を見ている。

そんな中、サーニャさんが歩きだそうとするので、クマさんパペットで腕を摑《つか》む。

「サーニャさん、どこに行くんですか!?」

「確認を……」

「確認なんてしなくても、ここが王都ってことぐらいサーニャさんには分かるでしょう？」

「そうだけど……」

王都だと分かるけど、心は受け入れられないみたいだ。

「それに、ここにいるはずがないサーニャさんが知り合いにでも見られたら、面倒になるから戻るよ」

いつまでもクマハウスの前に立っていて、知り合いに見られると面倒なことになる。サーニャさんの腕を引っ張り、ルイミンの肩を叩き、ムムルートさんに声をかけて、皆を連れてクマハウスに戻る。

そして、クマの転移門を通ってムムルートさんの家に戻る。戻ったら、忘れずに扉を閉める。

「信じられん」

ムムルートさんは床に腰を下ろして胡座《あぐら》をかく。

「ユナちゃん、これはなんなの？」

サーニャさんはクマの転移門を触りながら尋ねる。

「わたしの持っている魔道具だよ」

神様からもらったスキルとは言えないので、魔道具としておく。

「魔道具？」

「門と門を繋げて行き来できる魔道具だよ」

「ユナちゃん、どこでこんなものを……」

「ごめん、話せるのはここまでだよ。これでも、ギリギリまで教えているんだよ」

クマの転移門について、これ以上は教えることはできない。

「でも……」

「サーニャ！」

サーニャさんが口を開こうとしたが、ムムルートさんが遮る。

「嬢ちゃんが話せないと言っておる。我々、エルフも話せないことがいくつもある。それと同じことだ。嬢ちゃんがここまで話してくれたんだ。それでよかろう。別にどうやって手に入れたかを聞いたとしても、わしらの嬢ちゃんに対する態度は変わらない」

「お爺ちゃん……」

サーニャさんは言葉を呑《の》み込み、口を閉じる。

たぶん、いろいろと聞きたいのを我慢している感じだ。

まあ、サーニャさんの気持ちも分からなくもない。でも、これ以上は話すことはできない。

サーニャさんはムムルートさんとわたしを見て小さくため息を吐《つ》き、諦めた表情を浮かべる。

「分かったわ。これ以上は聞かない。それに聞いたら、怖くて寝られなくなりそうだわ。でも、どうして、こんな凄《すご》い秘密を教えてくれたの？　黙っていたほうがよかったんじゃない？」

もっともな質問だ。

「さっきも言ったけど、エルフの村に自由に行き来したいというのが一番の理由かな。ルイミンやムムルートさんはわたしが王都から来たってことは知っているでしょう。そして、ルイミンは王都がどれくらい遠いかも知っている。そんなわたしがエルフの村に頻繁に来たらおかしく思うでしょう」

「はい。おかしいって思います」

　王都に来るのに苦労したルイミンは大きく頷《うなず》く。

「でも、わたしは村を行き来したいから、ルイミンやムムルートさんには知っておいてほしかったの。もし、おかしいと思った村の人がいたら、誤魔化してほしくて」

「わたしは？」

「サーニャさんは王都に一緒に帰ることになるでしょう。教えないと王都への帰りが面倒だし。エルフの村に何かあれば、転移門を使うことができるから、サーニャさんにもメリットがあるでしょう」

　二度と今回のようなことは起きてほしくないけど。

「たしかに、一瞬で帰ることができるのに、長旅をする必要はないわね。なにより、簡単に戻ってこられるのは助かるわ」

　サーニャさんはわたしの言葉に納得する。

　あの長い道のりを一瞬で王都に戻れるんだ。誰だって、一瞬で移動ができる方法があれば、そっちのほうがいい。

　サーニャさんはクマの転移門の扉に手を触れて開けようとする。

「扉はわたしじゃないと開けられないよ」

「そうなの?」

サーニャさんは試しに扉を開けようとするが、扉は開かない。ルイミンも一緒になって開けようとするが、やっぱり開かない。

「本当に開かないわ」

「だから、サーニャさん一人での移動はできないよ」

「残念。使えるなら、たまに借りようと思ったのに」

他人が使えるようだったら、いろいろとマズいからね。

そこのあたりは神様、グッジョブだ。

2人は諦めて、クマの転移門から離れる。

「この扉を開けると王都に……苦労して王都まで行ったのに」

ルイミンが自分の苦労が無駄なように感じてうなだれている。

「これは設置した場所同士しか移動できないから、どっちにしろ一度は来ないと無理だよ」

「そうですが……」

ルイミンは納得がいかないようだ。

まあ、ルイミンは涙も出る悲しい事件とかもあったし、会ったときなんて、腹ペコで倒れていた。王都に来るのに苦労したルイミンからしたら、簡単に王都に行き来できるのを知って、自分のいままでの苦労が無駄だったように感じたみたいだ。

でも、一人旅はいい経験になったと思うから、無駄ではないと思う。

「ルイミン。もし、転移門を使って移動していたら、ミランダさんに会えなかったし、わたしとも会えなかったかもしれないよ。だから、自分の出会いをなかったことにしたらダメだよ」

「……そうですね。ミランダさんやユナさんに会えたのも、いろいろとあったおかげです」

ルイミンは納得する。

「でも、これでユナちゃんがたまに王都に出没する理由が分かった気がするわ」

「黙っておいてね」

「分かっているわよ。話そうとも思わないし、村を救ってくれたユナちゃんを裏切ったりしないわ。なによりも、あれはつらいわ」

あの笑い地獄がつらかったのか、自分の左右の肩を抱いて、少し震えるサーニャさん。

「それにしても、ユナちゃんの秘密って何かと思ったけど、とんでもなかったわね」

サーニャさんは呆《あき》れ顔でため息を吐く。

「あの契約の輝きも頷ける」

納得してくれたのでクマの転移門を片付ける。

「それで、ユナちゃんの秘密って、今の扉だけ？　それなら、全ての秘密じゃなくて、扉のことを秘密にすればよかったんじゃない？」

「乙女には秘密がたくさんあるんですよ」

「クマさんパンツ？」

「サーニャさん、1人で王都に帰りますか？」

「嘘《うそ》よ。ごめんなさい」

サーニャさんは両手を合わせて謝る。

「それじゃ、他にもあるのね」

わたしはルイミンのほうを見る。

「ルイミン、手を出して」

「なんですか？」

ルイミンは疑うこともせずに手を出す。

そんなルイミンの手の平の上に、わたしはデフォルメされたクマの置物を置く。

「可愛《かわい》いです。わたしにくれるんですか？　部屋に飾りますね」

ルイミンは嬉しそうにクマフォンを見る。

「ルイミン、それはクマの置物じゃないからね」

「そうなんですか？」

ルイミンは首を傾《かし》げる。

「それは遠くにいるわたしと話ができる魔道具だよ」

「遠くですか？」

意味が通じないのか、ルイミンは首を傾げる。

「ユナちゃん。それって、どういうこと？」

「言葉どおりだけど。どんなに離れていても、お互いのクマの人形を通して、会話ができるようになるんだよ」

わたしはもう一つクマフォンを出す。

「それって、つまり。この村にいるルイミンと王都にいるわたしとで話ができるようになるってこと？」

「ルイミンとサーニャさんとでは会話できないよ」

「そうなの？」

「この魔道具は、片方をわたしが持っていないと使えないんだよ」

サーニャさんは自分が使えないと知ると少し残念そうにする。

「凄い魔道具だけど、本当に遠くの人と会話ができるの？」

クマの転移門を見たのに、信じられないみたいだ。

「えっと、それじゃ、ルイミン。使い方を教えるからやってみようか」

「あ、はい」

ルイミンは少し緊張したようにクマフォンを握り締める。

「といっても、そんな難しいことじゃないよ。握って話したい相手を思い浮かべて魔力を流すだけ。今回の場合はわたしのことだね」

わたしは試しにやってみせる。

するとルイミンの持っているクマフォンが「くぅ〜ん、くぅ〜ん」と鳴きだす。

「クマさんが、鳴いています！」

「このクマが鳴きだしたら、わたしが話をしたい合図だから、魔力を少し流すと、わたしと話をすることができるようになるよ」

ルイミンがクマフォンに魔力を流すと鳴きやむ。

「話しかけるときはそのクマに向かって話しかけて、わたしの声はクマの口から聞こえてくるから。それじゃ、今度はルイミンが試しにやってみて」

「は、はい」

ルイミンは目を瞑《つぶ》ってクマフォンを握り締める。すると、わたしが持っているクマフォンが「くぅ〜ん、くぅ〜ん」と鳴きだす。

「クマさんが鳴きました」

ルイミンは嬉しそうにわたしが持っているクマフォンを見る。

「これで、わたしが魔力を流せば、どんな離れた場所にいてもルイミンと話すことができるよ」

「ユナさん、本当に会話ができるんですか？」

「う〜ん、それじゃ。ルイミン、少し離れてみて」

やって見せれば、信じてくれるだろう。

「えっと、どのくらいですか？」

「声が聞こえない別の部屋でいいんじゃない？」

「それじゃ、2階に行きますね」

「そしたら、もう一度、さっきと同じことをやってみて」

「分かりました」

ルイミンはトコトコと部屋から出ていく。

そして、しばらく待つと、わたしが持っているクマフォンが「くぅ〜ん、くぅ〜ん」と鳴きだす。

わたしが魔力を流すと、鳴きやむ。

『えっと、ユナさん。聞こえていますか』

「聞こえているよ」

クマフォンからルイミンの声がする。

『本当にユナさんの声が聞こえました』

「ちなみに、わたしが持っていれば、サーニャさんも会話ができるよ」

わたしは手に持ったままクマフォンをサーニャさんの前に出す。サーニャさんはクマフォンに向かって話す。

「ルイミン、わたしの声も聞こえる？」

『うん、お姉ちゃんの声も聞こえるよ』

「わしの声も聞こえるのか？」

ムムルートさんまでがクマフォンに向かって話しかける。

『うん。聞こえるよ』

「それじゃ、戻ってきて」

確認を終えたわたしはルイミンに戻ってくるように言う。

『はい』

返事をすると階段を駆け下りてくる音が聞こえる。

「ユナさん、凄いです。本当にユナさんやお姉ちゃん、お爺ちゃんの声が聞こえました」

ルイミンは興奮するように部屋に戻ってきた。

「ユナちゃん、本当にどんなに離れていても、話すことができるの？」

「できますよ」

もう、クリモニアにいるフィナと会話をしている。

「ユナさん、本当にわたしがもらっていいんですか？」

「いいよ。もし、エルフの村に来るときは前もって連絡するから、ルイミンもなにかあったら連絡をちょうだい」

「分かりました。でも、お姉ちゃんと会話ができないのは残念です」

「なにかあれば、伝言ぐらいはするよ」

「そのときはお願いします」

「でも、使うときは気をつけてね。知られたら、笑い地獄が待っているから」

「うぅ……いきなり鳴くんですよね」

「まあ、わたしから話しかけた場合はね」

「分かりました。鳴いたら、急いで人がいないところに移動します」

ルイミンはギュッとクマフォンを握り締める。

「それで、ユナさん。これに名前はないんですか？」

「クマフォンって名前はあるけど」

「クマ……」

サーニャさんがなにか言いたそうにしている。

「くまふぉん、可愛い名前ですね」

でも、ルイミンは可愛いと言ってくれる。いい子だ。

「ちなみに聞くけど、さっきの扉は？」

「クマの転移門だよ」

「クマ……」

言いたいことは分かるけど、わたしはスルーする。

だって、わたしがつけた名前じゃないもん。

255　クマさん、王都に帰ってくる

クマの転移門、クマフォン。わたしの秘密の一部を話し終えた。

「嬢ちゃんの秘密は分かった。この村の長《おさ》として嬢ちゃんとの約束は守ろう。そして、嬢ちゃんがこの村に来ることをいつでも歓迎しよう」

ムムルートさんが改めて約束してくれる。

「それで、門を置くためにクマさんの家を置きたいのよね」

「うん、できれば、目立たない場所がいいんだけど」

「たしか、今は川の上流だったわね。子供たちも川で遊ぶことがあるから、見つかるわね」

見つかったら、騒ぎが起こりそうだ。

「それで考えたんだけど、神聖樹のところはダメかな?」

神聖樹の結界に囲まれた岩山の中。周囲から見られることはない。中に入れるのは限られている。

だけど、あの場所はエルフにとって大切な場所だ。ダメもとで尋ねてみる。

「たしかにあそこはわたしたち以外入れないけど」

サーニャさんは返答に困り、ムムルートさんのほうを見る。

「そのことで、サーニャに言うことがある」

「なに？」

「今後のことも考えて、結界を作り直す。お主はしばらくは戻ってくるつもりはないんだろう」

「うん、もうしばらくは外にいるつもり」

「結界の解除はわし、アルトゥル、サーニャがいないとできない。だが、今後なにが起きるか分からない。それで村にいるルイミンに任せようと思う」

「わたし!?」

ルイミンが驚く。

「ルイミンも大きくなった。もう、結界も張れるだろう」

たしか、ルイミンは小さいからまだ結界は張れないとかサーニャさんは言っていたけど、10年前のことなんだよね。

10年前と比べたら、成長はしている。

「今後、同じようなことが起きないとも限らない。サーニャが村に戻ってくるまでの代わりと思ってくれればいい」

「そうね。そのほうがわたしも安心できるわ」

「それで、嬢ちゃん。神聖樹の結界を張り直すから、嬢ちゃんは入れなくなるかもしれない。もし、結界を張り直しても嬢ちゃんが入れるようだったら、家を建ててもかまわない」

ムムルートさんは結界を張り直せば、わたしが入れないと考えているようだ。

もしかして、わたしが入れるから、結界を張り直そうとしていると考えるのは、性格が悪いかな？

「神聖樹の結界の中がダメだった場合は？」

「もちろん、好きな場所に建ててかまわない」

神聖樹の結界の中がダメだったら、川の上かな？

とりあえずは神聖樹の結界の中がダメだったときに考えよう。

「それで、嬢ちゃんの願いは家の設置だけでよいのか？　それだと礼になっていない。あの王都に移動できる門のことも、ルイミンが渡した遠くの者と話すことができる魔道具も、嬢ちゃんにメリットがあるかもしれんが、わしたちにもメリットがある。サーニャと連絡が取れるのは助かる。それに嬢ちゃんは寄生樹だけでなく、コカトリスを討伐してくれた件もある。他にあれば言ってくれ」

「わたしとしては、この村に来ることの許可さえあれば、いいんだけど。わたしが来たら、誤魔化すのは大変でしょう」

「問題はない。近くの街から来たと口裏を合わせればいいだけだ。だが、それならアルトゥルには教えたほうがいいかも知れぬな」

「そうね。それに神聖樹の結界内に建てるなら、お父さんも知っていたほうがいいと思うわ。もし、神聖樹の結界内で鉢合わせでもしたら、面倒になるかもしれないし」

たしかに家を神聖樹の側に建てたら驚かれるよね。もし、家を出たときに見られでもしたら、言い訳が難しい。

「そうだな。嬢ちゃん、このことをアルトゥルに教えることはできぬか？　神聖樹以外の場所に家を建てるにしても、アルトゥルに知らせておいたほうが問題はなくなる。次の長になるのはアルトゥルだ。あいつが知っていれば、周りのエルフも説得がしやすい」

「契約をしてくれればいいけど」

してくれるかな？　笑い苦しむんだよ。

「ルイミン、アルトゥルを呼んできてくれ」

「うん、分かった」

ルイミンはムムルートさんに頼まれると部屋を出ていく。

「ラビラタあたりが疑いそうだけど」

「大丈夫よ。なぜか、ラビラタの奴、ユナちゃんのことを気に入っているみたいだから。それにお爺ちゃんの指示には従うわよ」

なら、いいけど。

それじゃ、お言葉に甘えることにしよう。

「あと、サーニャさんとルイミンが持っているエルフの腕輪はわたしが手に入れることってできますか？」

「嬢ちゃん、あんなに強い風を扱えるのに欲しいのか？」

「知り合いの女の子にプレゼントしようかと思って」

フィナにあげたら喜ぶかもしれないと思っている。

「残念ながら、作ることはできない」

やっぱりか。

「あれは親から子への贈り物になる。すまないが、お嬢ちゃんに作ってあげることはできない」

ムムルートさんは頭を下げる。

「ううん、大丈夫。わたしも無理なことをお願いしてごめん」

もし、手に入るならフィナにプレゼントしようと思っただけだ。フィナにはキノコや山菜、エルフの森で採れたもので、ご馳走を作ってあげるのもいいかもしれない。

一通りのお願いを済ませたころ、ルイミンがアルトゥルさんを連れて戻ってきた。

「お爺ちゃん、お父さん連れてきたよ」

「親父、なんだ？」

「アルトゥル、今から嬢ちゃんと契約魔法を行ってくれ。契約内容は嬢ちゃんの秘密を他言しないこと」

来る早々にムムルートさんにそう言われて、アルトゥルさんは意味が分からないという表情をする。それはそうだ。いきなりわたしと契約魔法を結んでくれと言われても困惑す

てな」

「わしたちは契約魔法を行った。だが、嬢ちゃんの秘密を聞いたら、お主にも必要だと思っると思う。

「ルイミンもか？」

「はい、しました」

サーニャさんのほうを見ると、サーニャさんも頷《うなず》く。

「分かった」

「いいの？」

まだ、内容は説明してない。

「長である親父が決めたことだ。それに俺たちの村を救ってくれた嬢ちゃんとの約束を破るつもりはない」

とのことで、アルトゥルさんとも契約魔法を行った。

そして、アルトゥルさんにもクマの転移門のこと、クマハウスを神聖樹の結界内に建てたいことを話す。

もちろん、結界を作り直しても、わたしが入れた場合に限ってだ。

入れなかった場合でも、どこかにはクマハウス及び、クマの転移門の設置はするので、長であるムムルートさんの息子のアルトゥルさんとの口裏合わせは必要になる。

これで権力者の親族と契約したことになるので、エルフの村に来ても、誤魔化してくれるはずだ。

ちなみに、クマの転移門でアルトゥルさんを王都に連れていったときはムムルートさんたちと同様に驚かれた。

それから、神聖樹の結界の新しい張り直しが行われた。

そのときにムムルートさん、アルトゥルさん、ルイミンの3人で結界を作った。その瞬間は見ることはできなかったけど、ルイミンは疲れたように戻ってきた。魔力をかなり消耗したらしい。でも、ちゃんと張れたみたいだ。


結界を新しく張り替えても、わたしは入ることができた。

そんなわたしをサーニャさん、ムムルートさん、アルトゥルさん、ルイミンは不思議そうに見ていた。

「結界を新しくしたら、ユナちゃんは入れなくなるかもと思ったんだけど。入れるのね」

サーニャさんは、入れなくなった神聖樹に続く洞窟の見えない壁に触れる。

「あっ、あの扉はクマさんの家の中に置くのよね。それだと、わたし、中に入れないから王都に帰れないんじゃ」

「それは大丈夫だよ」

わたしはそう言って、扉を出す。

「ちょっと、面倒だけど、結界の外にクマの転移門を出して、サーニャさんだけを王都に移動させて。それからわたしは神聖樹の中に入って移動するから」

「一つ疑問だけど、もしわたしが結界内のユナちゃんの家に移動したら、どうなるの？」

どうなるんだろう？

「そんなこと、わたしに聞かれても分からないよ」

「お爺ちゃん」

「分かるわけがなかろう。こんなことは過去に一度もなかったことだ」

「それじゃ、試してみましょう」

「えっと、危なくないの？」

「結界は入れなくするだけだ。死ぬようなことはない」

一度試すことになり、神聖樹の結界の中にクマハウスを設置し、結界の外のサーニャさんのところに戻ってくる。

「それじゃ、神聖樹の中にある扉に繋《つな》げますね」

わたしはクマの転移門を神聖樹の中にあるクマの転移門に繋げる。わたしはクマの転移門の扉の中に入る。

その後ろからサーニャさんが入ってこようとするが、見えない壁に阻《はば》まれている。

「通れないわ。洞窟と一緒で、見えない壁があるわね」

見えない壁に手を触れている。神聖樹の結界はそれだけしっかりしているってことだ。

そうなると、フィナを連れてくる場合も一度、外にクマの転移門を設置しないとダメってことになる。

これればかりはしかたない。ムムルートさんたちも神聖樹の結界の中を知らない人が出入りしたら、気分がよいものじゃないと思うし。


寄生樹を倒してから数日が過ぎ、わたしとサーニャさんは王都に帰ることになった。

村の入り口でサーニャさんを待っていると、村の人たちがやってきてくれる。

「クマのお姉ちゃん、また来てね」

子供たちがやってくる。

悲しそうにする子供もいるが、これればかりはしかたないことだ。

「また、来るよ」

「本当?」

嘘《うそ》は言っていない。また来る予定だ。

だから、子供たちの言葉に頷いてあげる。

子供たちと別れの挨拶《あいさつ》をしているとラビラタがやってくる。

「ユナ、この恩は忘れない。なにかあれば手を貸す」

「困ったことができたらお願いするよ」

素直に申し出を受け取っておく。

ラビラタと会話をしているとサーニャさんがやってくる。

「ユナちゃん、お待たせ。ラビラタもいたの？」

「ああ、礼を言っていた」

「本当よね。ユナちゃん、今回は本当にありがとうね」

「気にしないでいいよ。エルフの村に来たいって言いだしたのはわたしだし」

「それでもよ。ユナちゃんがいなかったら、この村を捨てないといけなかったかもしれないわ。ユナちゃんはそれだけ、村のために尽くしてくれたのよ」

隣にいるラビラタも頷いている。

「お礼はもらったし、気にしないでいいよ」

あまり、何度も言われると、申し訳ない気がする。

サーニャさんはラビラタと別れの言葉を交わし始める。

そして、会話は予想外の方向に向かう。

「ラビラタ、昨日も言ったけど、待たなくてもいいからね」

「気にしないでいい」

「いつになるか分からないわよ」

「十年待って、来なかったら俺が迎えに行く」

2人の間で意味深な会話が起きた。

「サーニャさん？」

「ああ、ラビラタはわたしの婚約者なのよ」

なにか、重要なことをアッサリと言われた。

「婚約者?」

「ええ、一応ね」

わたしはサーニャさんとラビラタを交互に見てしまう。

「サーニャさん、そんな人がいるのに王都なんかでギルドマスターなんてやっていていいの!?」

「ギルドマスターは楽しいからね」

楽しいって、まあ、気持ちは分からなくもないけど。

わたしも恋よりも楽しいほうを選ぶ派だ。

もっとも、恋人がいたことがないわたしが言うセリフじゃないけど。

「でも、ラビラタが可哀想《かわいそう》じゃ」

「だから、いつ村に帰ってくるか分からないから、待たないでいいって言ったのよ」

「大丈夫だ。10年ぐらい待てる」

サーニャさんが他の男の人と結婚するとか考えていないのかな?

「もし、わたしが忘れていたら、迎えに来てね」

「ああ、必ず迎えに行く」

どうやら、目も当てられないほどの熱々のカップルだったみたいだ。

10年ぶりに再会したというのに、このエルフはさらに10年会わない覚悟を持っているらしい。

これだから、長寿のエルフは。

バカップルはほっといて、この場を離れることにする。

そこにムムルートさんとルイミンがやってくる。

「嬢ちゃん。本当に今回はお世話になった。感謝する」

「ユナさん、ありがとうございました。また来てくださいね」

ムムルートさんとルイミンがお礼を言う。

「うん、また来るよ」

それに山菜やキノコも欲しい。

それぞれに挨拶を済ませたわたしは、サーニャさんと一緒に神聖樹がある岩山までやってくる。

ルイミンとムムルートさんがついてきてくれる。

わたしはクマの転移門を出すと、王都のクマハウスへと扉を開ける。

「お姉ちゃん。また帰ってきてね」

「ええ、今度は早めに戻ってくるわ。ユナちゃんにお願いすれば、簡単に戻ってこられるからね」

サーニャさんがわたしのほうを見る。

「お金を取るよ」

「ふふ、お金で使わせてもらえるなら安いものよ」

たしかに長い道のりを時間をかけて来るのと比べたら、多少の金額じゃ安いものかもしれない。それにサーニャさんは王都のギルドマスターだからお金には困っていないだろうし。

「ユナさん、お姉ちゃんのことをよろしくお願いします」

「ちょっと、わたしのほうが年上よ」

ルイミンの言葉にサーニャさんは反論する。

エルフと年齢を比べるつもりはない。

「だって、ユナさんのほうがしっかりしているんだもん」

「そんなことはないわよ。これでも冒険者ギルドのギルドマスターよ」

そっぽを向くサーニャさん。

初めて会ったときは、威厳があったような気もしたけど、今はそんな威厳があるようには見えない。

それだけ、この旅でサーニャさんのいろいろな面を知ることができたってことかな？

わたしはそんなサーニャさんを見て笑みを浮かべて、ルイミンのほうを見る。

「ルイミン、新しい神聖樹の茶葉ができたら連絡をちょうだいね。すぐに来るから」

「はい。連絡します。ユナさん、その本当にありがとうございました。王都でユナさんに会えたのが一番の幸運でした」

「そう言ってもらえると嬉しいよ」

「お爺ちゃん、また来るね」

「ラビラタをあまり長く待たせるんじゃないぞ」

サーニャさんは笑いながら、クマの転移門を通る。

わたしは一度、クマの転移門をしまい、神聖樹がある洞窟に向かう。

わたしは結界に阻まれることもなく、通り抜け、クマハウスの中にあるクマの転移門を使って、王都に帰ってきた。

256　クマさん、クリモニアに帰ってくる

王都にあるクマハウスに転移して、サーニャさんと一緒に外に出る。

「いまだに信じられないわ。さっきまで村にいたなんて」

サーニャさんは不思議そうに目の前の王都の風景を見ている。

「誰にも言わないでね」

「分かっているわよ。わたしだって笑い死にはしたくないからね。それに村を救ってくれたユナちゃんに恩を仇《あだ》で返すようなことはしないわ。ユナちゃんも王都で困ったことがあったら、遠慮なく冒険者ギルドに来てね」

サーニャさんは王都の冒険者ギルドのギルドマスターだ。なにかあればお言葉に甘えることにする。権力はいざってときは役に立つからね。

「それじゃ、サーニャさん。わたしもクリモニアに帰るね」

「そうだ、ユナちゃん。これを、受け取ってもらえる」

帰ろうとしたわたしを引き止めて、羽がついたキーホルダーみたいなものを差し出してくる。

「これは？」

「わたしの召喚鳥、フォルグの羽で作ったものよ」

そう言って、召喚鳥を召喚する。

サーニャさんの腕に鷹のような鳥が止まる。

「わたしの着替えを覗《のぞ》いた鳥、フォルグって名前だったんだね」

フォルグか。なんかカッコいい名前だ。

わたしのくまゆるとくまきゅうといい勝負だ。

「まだ、根に持っているの？　あれはいきなり服を脱いだユナちゃんが悪いのよ」

分かっているけど、納得はできない。

「それでこれはなに？」

羽がついたキーホルダーについて尋ねる。

キーホルダーには茶色の羽が数枚、飾りとしてついている。

「それを身につけてもいいけど、家の窓際にでも飾ってもらってもかまわないわ。それを目印にこの子が飛んでいくから。なにかあれば、連絡をするわ」

ちょっと違うけど、伝書鳩みたいなものかな？

それにしてもサーニャさんの召喚鳥はそんなことができるんだ。

まあ、鳩も長距離を飛ぶことはできるんだから、召喚鳥ができてもおかしくはない。

「本当はルイミンに渡したクマの形をした魔道具をプレゼントしてくれると嬉しいんだけ

ど」

「もう、持っていないよ」

と嘘《うそ》をついておく。

なんだか、サーニャさんにクマフォンを渡すと、仕事の連絡が来そうなので渡したくない。

「分かっているわよ。そんな魔道具が何個もあると思っていないわ」

ごめんなさい。何個でも作れます。ただし、わたしとしか連絡はできないけど。

「これは部屋の中に飾ってもいいの？」

「大丈夫よ。自分の羽があるところに向かって飛んでいくからね」

そうなるとクマボックスに入れておくのはダメかな。

クマボックスのシステムが分からないけど、召喚鳥が来ない可能性のほうが高い。素直に家のどこかに飾ったほうがいいかな。

「飾るけど、仕事の連絡なら受けないよ」

「それは残念」

あまり残念そうに見えない。

まあ、王都だし、冒険者も多いし、わざわざわたしを呼ぶ必要もないかな。

「でも、こんなことができるなら、エルフの村に飛ばすこともできるんじゃ」

話によれば10年も音信不通だったらしいからね。

召喚鳥がいるなら、手紙ぐらい送れただろうに。

「当時はそんなに長距離を飛ばしたことはなかったし、考えたこともなかったからね。それに村まで飛ぶかは分からないわ。今度、フォルグがちゃんと村まで向かえるかラビラタに手紙を送るつもりだけど。もし、ダメだったらユナちゃんに頼むからそのときはお願いね」

「まあ、手紙を渡すぐらい、いいけど」

毎日でなければ問題はない。

逆にサーニャさんの場合、年に一回ってほうが可能性が高い。

今度こそ要件を済ませたわたしはサーニャさんと別れ、クマの転移門を使ってクリモニアに戻ってくる。

忘れないうちにサーニャさんからもらった羽のキーホルダーを自分の部屋の窓際に飾る。

これで、大丈夫かな？

まあ、サーニャさんがわたしに連絡してくることなんてないと思うけど、何度もくだらない理由で呼び出されたら、叩き返すつもりだ。

羽のキーホルダーを取りつけたわたしはクマハウスを出る。

う〜ん、久しぶりのクリモニアだ。と言っても、10日ほどだ。でも、長い間離れていた気分だ。目の前の景色に懐かしさが込み上げてくる。

帰ってきたという感覚になる。

もう、この街が故郷になりつつある。

わたしは戻ってきたことをティルミナさんたちに報告するために孤児院に向かう。この時間帯ならティルミナさんもフィナも孤児院にいるはずだ。

孤児院の前に着くと、外を元気に走り回る幼年組の子供たちの姿がある。もしかして、前に教えた鬼ごっこでもしているのかな？

子供たちを見ていると、子供たちがわたしに気づく。

「くまのお姉ちゃん！」

「お姉ちゃん」

子供たちが駆け寄ってくる。

どの子も笑みを浮かべている。

「みんな、元気にしていた？　院長先生たちに迷惑かけていない？　喧嘩《けんか》はしていない？」

「うん、元気だよ」

「ちゃんと、仕事もしているよ」

「喧嘩なんてしないよ」

子供たちが元気よく答えてくれる。

「いい子にしていたんだね」

子供たち全員の頭を撫《な》でてあげる。

平等に撫でてあげないといじける子もいるからね。

「それで、ティルミナさんとフィナはいる？」

「うん、今は院長先生のところにいるよ」

教えてくれた子にお礼を言って孤児院のほうに向かう。

卵のほうは終わったのかな？

孤児院のドアを開けて中に入っていく。

食堂に向かうと、ティルミナさんと院長先生がおしゃべりしながらお茶を飲んでいた。

「ユ、ユナちゃん。帰ってきたの？」

「ユナちゃん、お帰り」

「ただいま。ついさっき、戻ってきました」

2人が座っている近くの椅子に座らせてもらう。

「それで、なにか変わったことはなかった？」

「変わったこと……。そうよ！　ユナちゃんがいなくて大変だったのよ！」

ティルミナさんがいきなり思い出したかのように声をあげて立ち上がる。

なに!?

「領主夫人のエレローラ様と王宮料理長のゼレフさんって方が来て、大変だったのよ」

そういえば、そんなことがあったとフィナから聞いたっけ。

あれから、いろいろあって、すっかり忘れていた。

ティルミナさんの話では、いきなりミレーヌさんに商業ギルドに呼ばれたそうだ。それで、商業ギルドに向かうと、女性と男性を紹介されたそうだ。それがエレローラさんとゼレフさんだった。

そして、エレローラさんが伯爵夫人で、ゼレフさんが王宮の料理長だと知らされ、声も出なかったという。

でも、それって、わたし悪くないよね。怒られる理由にはならないよね。

アポなしで来るエレローラさんが悪い。

まあ、わたしもアポなしでお城に行くから、あまり人のことは言えないけど。

「でも、エレローラさんも前もって来ることを連絡してくれればよかったのに」

まあ、エルフの村にも行きたかったから、連絡があったとしても、クリモニアにいたか分からないけど。

でも、なにかしら方法があったかもしれない。日にちをずらしてもらうとか？

「エレローラ様の様子からするとユナちゃんを驚かすために、いきなり来た感じだったわよ」

フィナもそんなことを言っていたね。

そして、エレローラさんたちはわたしがいないことを知ると残念そうにしていたそうだ。

驚かせる気満々だったみたいだね。

「それで2人は何しに来たの？」

フィナから聞いているけど確認する。

「王都にユナちゃんのお店を出すから、その参考にするためにユナちゃんのお店の視察に来たって言っていたわよ」

「わたしのお店じゃないですよ。たしかにプリンとか、料理は販売するけど。あくまで経営はお城がするから、わたしは関係ないよ」

「そうなの？」

「わたしは料理の作り方を教えただけだからね」

お金の出資をするわけでもないし、お店で働く人もわたしとは関係ない人だ。だから、わたしの店にはならない。

ティルミナさんは、その後エレローラさんとゼレフさんを「くまさんの憩いの店」に案内したそうだ。

「2人をお店に案内したけど、大騒ぎして大変だったのよ」

なんでも店の前に立っているクマの石像を見て騒ぎ、お店の中に入れば勝手に歩き回り、テーブルの上にあるクマの置物を自由気ままに見て回ったそうだ。

エレローラさんがお店の中を勝手に歩き回る姿が目に浮かぶ。

「でも、ゼレフさんも？」

「ゼレフさんは、お客さんが食べている料理を見ていたわ」

ああ、なるほど、そっちね。

だけど、2人ともなにをしているんだか。他のお客様の迷惑になるようなことはしていないよね。

「それで大丈夫だったの？」

「ええ、フィナが注意してくれたからね」

フィナが？

「歩き回るエレローラ様にフィナが話しかけて、席に座らせてくれたの。それにしても、エレローラ様とフィナが普通に会話をしていることには驚いたわ」

さんざんフィナを、貴族や王族がいる場所に連れ回したからね。

それに、最近ではノアとお出かけをしたという話も聞くし、エレローラさんにも何回か会っている。この前はミサの誕生日パーティーにも参加したし、貴族への免疫がついてきたのかな。

かつては、貴族を前にすると緊張してばかりだったフィナも成長したものだ。

フィナの成長は嬉しいけど、お姉ちゃんは少し寂しいよ。

それから、2人はお店で料理を食べられるだけ食べ、その翌日には孤児院の見学をしたいと言ってティルミナさんが案内をした。孤児院では鳥のお世話をする子供たちの様子を見たそうだ。

孤児院を見学したエレローラさんとゼレフさんは次にアンズのお店「くまさん食堂」にも行ったそうだ。

そして、3日目は「くまさんの憩いの店」の開店と同時に突撃して、料理を食べると、帰りにパンを大量に買っていったという。

なんでも、その日に王都に帰るから急いでいたらしい。

「嵐のような数日だったわ。２人とも悪い人じゃないのは分かるけど疲れたわ」

当時の出来事を思い出しため息を吐《つ》くティルミナさん。

「フィナがいなかったら、どうしたらいいか分からなかったわ。フィナがいなかったらと思うとお腹《なか》が痛くなるわ」

「フィナ？」

「ええ、フィナが2人の相手をしてくれたのよ。もし、フィナがいなかったらまともに対応ができたか分からなかったわ。あの子も知らないうちに成長しているってことね。親がいなくても子は育つって、よく言ったものね」

「育つかもしれないけど、あんないい子に育ったのはティルミナさんのおかげですよ」

「あの子はわたしのせいで、わがままを言えずに育ったからね。もう少しわがままを言ってくれると嬉しいんだけど」

フィナは真面目だからね。

フィナの話をティルミナさんとしていると、食堂にフィナが入ってきた。

257　クマさん、フィナに絵本が見つかる

　ドアの前に頬《ほお》を膨らませたフィナが立っていた。

　なにか、あったのかな?

　フィナの後ろにはシュリもいる。とりあえず、2人に帰ってきたことを伝える。

「フィナ、シュリ、ただいま」

「ユナお姉ちゃん、お帰りなさい。じゃなくて、ユナお姉ちゃん！　これはなんですか!?」

　フィナの膨れていた顔が一瞬、笑顔になったと思ったけど、再度、頬を膨らませる。

　その後ろではシュリが普通に「ユナ姉ちゃん、お帰り」と言ってくれているが、フィナの怒る声のせいでかき消される。

　フィナはわたしのところにやってくると、わたしの前に絵本を置いた。

　この絵本はわたしがフローラ様のために描いたものを複写して、孤児院の子供たちにプレゼントしたものだよね。

「これがどうしたの？」

「どうしたの？　じゃないです！　この女の子って、わたしですよね？」

絵本に描かれているデフォルメされた女の子を指でさす。

女の子はクマさんの背中に乗っている。

絵本の女の子はフィナをモデルに、クマさんはわたしをモデルにして描いた。

でも、今さらって感じなんだけど。

そもそも、フィナが絵本のことを知らなかったことに驚きだ。

「子供たちが絵本を読んでって言うから、読んであげたら……わたしに似ている女の子が……」

フィナは少しお怒りのようだ。

でも、絵本の存在を知らなかったのに、どうして、わたしが描いたってばれたのかな？

そのことを尋ねたら。

「絵本の内容にわたしとユナお姉ちゃんのことが描かれています」

ですよね～。

絵本の1巻の内容はクマさんとフィナの出会いから、フィナが病気の母親のために薬草を見つけて、母親に持っていくまでの話になる。

わたしが初めてフィナに会ったときの出来事をアレンジして、絵本っぽくして描いてある。

2巻は女の子の母親の病気が悪化した。女の子はクマさんに病気を治すと言われている虹色の花の雫《しずく》の話をする。話を聞いたクマさんが女の子のために虹色の花の雫を採りに行き、女の子の母親の病気を治す話になっている。

女の子はフィナであり、病気の母親がティルミナさん、クマがわたしという配役になっている。

わたしがフィナのためにティルミナさんの病気を治したときの話をアレンジして描いてある。

魔法のことは描けないから、そのあたりは病気を治す花に変えて描いているけど、知っている人が読めばフィナとわたしのことだと気づくと思う。

もちろん、当事者のフィナが読めばなおさらだ。

でも、わたしには絵本がフィナと関係ないことを示す秘策がある。

「フィナ、これはあくまで、実在する人物とは関係ない話だよ。ほら、ここに書いてあるでしょう」

わたしはクマさんパペットで絵本の最後のページに書かれている一部をさす。そこには、

『この作品はフィクションであり、実在の人物・団体・事件などとは一切関係ありません』

と、ちゃんと表記されている。

だから、絵本の女の子とフィナは関係ないと言い逃れをしてみる。

「でも、このリボンとかわたしにそっくりです」

まあ、フィナをモデルにしたからね。

「それに話の内容だって、わたしのことが描かれています」

まあ、わたしとフィナの体験話だからね。

「どこからどう見ても、わたしです！」

言い切られた。

元の世界なら通じるお約束の文章は、フィナには通じないみたいだ。

まあ、実際に絵本のモデルはフィナだから、言い逃れはできないんだけど。

「どうして、こんな絵本を描いたんですか⁉」

「フローラ様のために描いてあげたんだよ」

「フローラ様ですか？」

フローラ様の名前が出ると、フィナの口調が柔らかくなる。

「でも、そのフローラ様のために描いた絵本がどうして孤児院にあるんですか？」

わたしは絵本がここにある経緯を説明する。

フローラ様のために絵本を描くことになったこと。そして、フローラ様が持っている絵本がお城の中で話題になり、欲しがる者が増え、印刷して増やすことになったことを話す。

「国王様とエレローラさんの頼みだから、断れなかったんだよ」

わたしは国王とエレローラさんに責任転嫁をする。

まあ、絵本を描いたのはわたしだけど、複写して広めた（お城限定）のは国王とエレローラさんと言っても過言ではない。

さすがのフィナも、国王とエレローラさんの名前が出ると口を閉じてしまう。

意地悪なお姉ちゃんでゴメンね。

「そのときに多めに印刷してもらって、孤児院の子供たちのために持ってきてあげたんだよ」

「それじゃ、この絵本を持っている人はたくさんいるってことですか？」

不安そうに尋ねてくる。

たくさんといってもお城の関係者だけだから、それほど多くないはず。

「お城の一部の人だけだよ」

現在進行形で増えている可能性もあるけど、小さな子供がいる家庭だけのはずだ。

だから、フィナが思っているよりは少ない。

でも、フィナの反応は違った。

「うぅ、もう、お城に行けません」

下を向いて俯《うつむ》いてしまう。

「行くつもりだったの？」とツッコんだら負けかな？

昔のフィナなら「平民のわたしがお城には行くことはないから大丈夫ですね」とか言ったはずだけど、フィナの中では今後もお城に行くことになっているようだ。

まあ、わたしと一緒に王都に行くことがあれば、お城に行く可能性は十分にある。

「大丈夫だよ。誰もフィナって気づかないよ」

持っている人は少ないし、絵柄はデフォルメしてあるし、内容も身内じゃないと分からない。

「でも、子供たちに『フィナお姉ちゃんに似てるね』って言われたんですよ」

まあ、身近にいる孤児院の子供たちに気づかれるのはしかたない。

「フィナ。こんなに可愛《かわい》らしく描かれているんだから、許してあげたら？」

わたしたちの会話を聞いていたティルミナさんが絵本を見ながら、助け船を出してくれる。

「お母さん？」

「それにしても可愛らしい絵本ね」

ティルミナさんはパラパラと絵本を捲《めく》る。

「それじゃ、この女の子がフィナってことは、この女の子の母親役はわたしなのかしら？」

絵本を捲っている手が止まる。

覗《のぞ》き込むと、最後のページで女の子と母親が微笑《ほほえ》んでいる絵があった。

女の子が持ってきてくれた薬を飲んで嬉しそうにしている母親のシーンだ。

「わたしをこんなに可愛らしく描いてくれたのね。フィナだって、こんなに可愛く描いてもらっているじゃない」

「そうだけど、お母さんは恥ずかしくないの？」

「変に描かれたら嫌だけど。こんなに可愛らしく描かれているなら、いいんじゃない？」

「でも……絵本にされているんだよ」

「たしかに、少し恥ずかしいけど。怒るほどではないと思うわよ」

フィナはティルミナさんに言われて徐々に怒りが収まってくる。

「でも、女の子はわたしに似ているのに。ユナお姉ちゃんの役はなんで本物のクマさんなんですか？　わたしを描くならユナお姉ちゃんも自分を描かないとずるいです」

わたし役はデフォルメされたクマさんとして描かれている。

自分の姿を描くのが嫌だったとは言えない。なので、誤魔化すことにする。

「それはフローラ様が、クマさんに興味を持っていたからだよ。フィナも覚えているでしょう。フローラ様がクマさんに興味を持っていたことは」

「……はい」

「だから、クマさんにしたんだよ」

再度、フローラ様の名前を出されたフィナは納得したようで口を閉じた。

「うぅ、分かりました。でも、次に描くときは教えてください」

「描いてもいいの？」

「本当は嫌だけど、子供たちが楽しんでいるから。でも、これ以上広めないでください」

「分かったよ。広めないようにするよ。もし国王様とエレローラさんが広めようとしたら、魔法を撃ち込んででも止めるよ」

一番広めそうなのは国王とエレローラさんだからね。

「うぅ、ユナお姉ちゃん。なるべくで、お願いします」

フィナは妥協して、言い直した。

「冗談だよ。ちゃんと言っておくから」

わたしがそう言うとフィナも納得をしてくれる。

これで、フィナの許可も無事に下りたので3巻を描くことができる。

絵本についてはこれで終わりかなと思ったら、別のところから攻撃が飛んできた。

「お姉ちゃんもお母さんもズルいです」

今まで黙っていたシュリが口を開いた。

「ユナ姉ちゃん、なんでわたしいないの？　わたしも描いてほしい」

フィナはいきなり、シュリに、ズルいと言われて戸惑っている。

わたしもまさかシュリに、シュリに自分が絵本に描かれていないと怒られるとは思わなかった。

正確には怒っているというよりは自分だけが出ていないことに拗《す》ねている感じだ。

「描いてほしかったの？」

シュリは小さく頷《うなず》く。

たしかに姉のフィナと母親のティルミナさんはいるのに家族の自分だけがいないのは嫌な気分になるかもしれない。のけ者にされている感じを受けるかもしれない。まして、シュリはまだ小さい。余計にそう思ってもしかたない。

「シュリ、ごめん。別にのけ者にしたわけじゃないんだよ。一応、わたしとフィナの出会いの話を描いているから、こうなったんだよ。でも、次に描くときはちゃんとシュリも描いてあげるよ」

「ほんとう！」

わたしの言葉に嬉しそうにする。

「うん、ちゃんと描くよ」

わたしが約束をするとシュリは嬉しそうにする。

3巻目を描くとしたら、王都に向かうフィナとノアに付き添うクマの話になるかと思っていたけど、シュリを描くとすれば、構想を変えないとダメだね。

候補としては、姉妹と遊ぶクマの話。

それか、ゲンツさんも登場させて結婚式？　それだとクマの出番がないような。

う～ん、それならシュリも連れて3人で王都に行くとか。でも、絵本のクマって3人乗れるかな？　クマ増やす？

これは少し考えないとダメだね。

絵本の話は終わり、フィナからもエレローラさんとゼレフさんの話を聞くことになった。

258　クマさん、絵本を描く

エルフの村からクリモニアに戻ってきて数日。その間に一度ルイミンからクマフォンで連絡があったぐらいで、平和そのものだ。

連絡をしてきた理由は本当に繋《つな》がるか不安になったから、だそうだ。

『ちゃんと、ユナさんと話せてよかったです』

わたしの声を聞くとクマフォンからルイミンの安堵《あんど》の声が聞こえる。

村のことを尋ねると、あれ以来結界の中には魔物は一匹も入っていないそうだ。結界の外でも魔物は見なくなったとのこと。やっぱり、神聖樹が寄生樹に取りつかれたせいで魔物が引き寄せられていたみたいだね。

『ユナさん、いつでも来てくださいね』

「うん、キノコも山菜も欲しいから、また行くよ」

『はい、待っていますね』

そんな村の状況を教えてもらい、今度は神聖樹の茶葉ができたら連絡をもらうことになった。もちろん、それ以外でも、連絡をくれてかまわないことは伝えてある。

本日の予定は絵本の新作をフィナとシュリと一緒に描くことになっている。一緒といっても、確認をしてもらうためだ。

フィナには絵本の内容を、シュリには妹役の女の子の確認をしてもらうためだ。

わたしがお茶とポテトチップスを食べながら待っていると、フィナとシュリが家にやってくる。

「本当に描くんですか？」

家に来ると、早々にそんなことを言いだすフィナ。

「フローラ様も待っていると思うし、シュリとも約束しちゃったからね」

「ユナ姉ちゃん。わたしも描いてくれるの？」

「そのつもりだよ」

フィナは渋々と、シュリは嬉しそうにする。

絵本の内容はフィナと相談しながら描き、シュリには妹役の自分の絵を確認してもらうことになった。描いたあとに、「可愛《かわい》くない」とか言って泣かれても困るからね。

「それで絵本の内容なんだけど、隣の街に行く3人を描こうと思うんだけどいい？」

「3人ですか？」

「フィナにシュリ、それとティルミナさんの3人だね」

「わたし、お母さんと隣の街に行ったことないよ」

「別に本当のことを描かなくてもいいんだよ。絵本は想像で描くものだからね」

259　絵本　クマさんと少女　3巻

女の子のお母さんの病気は治り、元気になりました。
そして、女の子には元気な妹がいます。
女の子は妹にくまさんのお話をしてあげます。
すると妹はくまさんに会いたいと言いだしました。
女の子は妹をくまさんに紹介するために森へ行くことにしました。
森の入り口に立って、女の子がくまさんを呼ぶと、森からくまさんが現れます。
女の子はくまさんに妹を紹介します。
くまさんはゆっくりと妹に近づきます。
妹は一瞬、驚きますが、優しくくまさんに触ります。
くまさんの毛は柔らかく、とても気持ちよかったです。
妹はくまさんの背中に乗りたいと言います。
くまさんは腰を落とすと妹と女の子を乗せてくれます。
くまさんは森の中を走り、草原を走り、今までに行ったことがない場所に2人を連れていってくれました。
でも、楽しい日々は長くは続きませんでした。
お母さんはくまさんが持って来てくれた虹色の花の雫《しずく》のおかげで病気は治りました。
病気が治ったお母さんは知り合いを頼って、隣の街で働くことになりました。
女の子の家族は隣の街に行くことになりました。
女の子は泣きながらくまさんにお別れをします。
くまさんは優しく女の子の頭を撫《な》でます。
くまさんに会えなくなる悲しみに女の子は泣きます。
「くまさん、ありがとう。くまさん、ごめんなさい」
くまさんは女の子が泣きやむまで、一緒にいてあげます。

数日後、女の子の家族は馬車に乗って、隣の街へ向かいます。
くまさんが遠くに見えます。
くまさんは遠くから女の子を見送ります。
馬車が動きだすと、くまさんとお別れです。
馬車はどんどん進み、くまさんが見えなくなります。
女の子は涙を堪《こら》えます。
「くまさん、さよなら」

馬車は進み、くまさんがいる森から離れていきます。

でも、戻ることはできません。

お母さんと妹がわたしに抱きついてきます。

「ごめんね」

お母さんが謝ります。

女の子にとってくまさんも大切ですが、お母さんも妹も大切です。

女の子はお母さんと妹の手を握りしめます。

お母さんは「また会えるよ」と優しく微笑《ほほえ》んでくれます。

女の子も大きくなったら、くまさんに会いに来ることを誓います。


馬車はゆっくりと進みます。

馬車には女の子の家族以外にも数人乗っていました。

くまさんと別れて落ち込んでいると馬車がいきなり止まります。

「なんだ」

馬車に乗っている人たちが騒ぎだします。

「魔物だ！」

誰かが叫びます。

「お母さん！」

女の子のお母さんは2人の娘を抱きしめます。

馬車の外が騒がしくなります。

馬車は動きません。

「馬が襲われた！」

前から声がします。

馬車に乗っていた一人が馬車の外に出ます。

「たくさんの魔物が迫ってくるぞ。みんな、逃げろ！」

外にいる者が叫びます。

残っていた人も馬車から逃げだします。

女の子の家族も逃げだそうとしましたが、先に逃げようとした人に押されて倒れてしまいます。

馬車の中には女の子たち家族だけが取り残されてしまいました。

「お母さん」

「大丈夫だよ」

お母さんは震える手で2人の娘を抱き寄せます。

外からは魔物の声が聞こえてきます。

女の子たちは逃げだすことができません。

馬車が揺れます。

魔物の唸《うな》り声が恐怖を呼びます。
女の子たちは震えます。
もう、ダメかと思ったとき、魔物の声が聞こえなくなりました。
でも、女の子たちは恐怖で外を見ることができません。
馬車の中で震えていると外から「大丈夫？」と聞きなれた声が聞こえてきました。
この声は知っています。もう、聞けないと思っていた声です。
女の子はお母さんの手を振りほどいて外に出ます。
「くまさん！」
馬車の外に出ると、そこにはくまさんがいました。
「くまさん、くまさん」
女の子は泣きながらくまさんに抱きつきます。
お母さんと妹も馬車から出てきます。
「大丈夫だよ。くまさんが助けてくれたよ」
馬車の外には魔物が倒れていました。
他の人たちは見えません。どうなったかは分かりませんでした。
馬は消え、馬車は壊れています。
ここからは歩いていくしかありませんでした。
そのとき、くまさんが「くぅ～ん」と大きく鳴きました。

すると、遠くから、黒いくまさんと白いくまさんがやってきました。

お母さんと妹は驚くけど、女の子は驚きませんでした。

くまさんが呼んだと分かったからです。

「乗って」

くまさん、黒くまさん、白くまさんが腰を落として背中を見せてくれます。

どうやら、くまさんたちが隣の街まで乗せてくれるみたいです。

「お母さん、くまさんが隣の街まで乗せてくれるって」

女の子がお母さんに言うと、初めは信じられないようだったけど、女の子がくまさんの背中に乗ると信じてくれました。

女の子たち家族はくまさんに乗って隣の街へ向かいました。

くまさんは隣の街の近くに来ると女の子たちを降ろします。

「くまさん、ありがとう」

女の子はお礼を言います。だけど、妹は白くまさんを離そうとしません。

離れたくないみたいです。もちろん、女の子も別れたくはありません。

「くまさんは大きいから、街の中には入れないのよ」

お母さんが妹をなだめますが抱きついたまま、首を横に振ります。

「くまさんが小さければいいんだけど」

「なれるよ」

と、くまさんが言うと、くまさんが小さくなっていきます。
妹が抱きついている白くまさんもお母さんの側にいる黒くまさんも小さくなります。
どんどん小さくなって、女の子が抱きかかえられるほどの大きさになりました。
これなら、抱きかかえたまま街に入ることができます。
門番の人が驚いていましたが、くまさんと一緒に街の中に入ることができました。
女の子は、くまさんと一緒にいられることになりました。

260 クマさん、絵本を描き終える

わたしは紙と描くものを用意する。わたしの左右にフィナとシュリが座って、わたしが描くのを待っている。

まず、女の子の妹を登場させる。

わたしはデフォルメ風に妹キャラを描く。

これがシュリになる。

「うわぁ、可愛《かわい》い。これ、わたし？」

「そうだよ。女の子の妹だからね」

シュリは自分を描いてもらって嬉しそうにする。

そして、シュリ役の妹と女の子がくまさんと遊ぶシーンを描く。

でも、楽しい話は続かない。

女の子の家族は隣の街へ引っ越すことになった。

「隣の街へ引っ越すのですか？」

女の子のお母さんは仕事をするため、隣の街の知り合いを頼ることになる。

「うん、この街には女の子家族を助けてくれる人は誰もいないからね」

絵本にゲンツさんのようなキャラは出ていない。いきなり出すのも変になる。だから、助けになる人が隣の街にいるってことにする。

「女の子は誰も頼る人がいなかったから、一人で頑張っていたんだよ」

わたしはフィナを見る。

「わたしはゲンツおじさん……お父さんが助けてくれていたから」

「そうだね」

「それじゃ、知り合いってお父さんのことですか？」

「それは未定かな」

続編を書くとなれば、ちゃんと考えないといけない。

今は未定だ。ゲンツさんかもしれないし、違うかもしれない。

わたしは絵本の続きを描く。くまさんと女の子のお別れのシーンだ。

「くまさんとお別れするの？」

「女の子が可哀想《かわいそう》です」

シュリとフィナが悲しそうにする。

「大丈夫だよ。あとでまた出てくるから」

嘘《うそ》をついてもしかたないので、ネタばらしをする。

くまさんと女の子たちの別れのシーンを描いて、女の子たちが馬車で隣の街へ移動するシーンを描く。

「くまさんが登場して、乗せてもらうのかと思っていました」

フィナが想像したのとは違ったようだ。

さすがにここでくまさんを登場させるわけにはいかない。

「お別れしたばかりだからね。それにお母さんもくまさんに乗って移動しようとは思わないよ」

馬車での移動となり、女の子は悲しそうにする。

くまさんが女の子たちが乗る馬車を遠くから見送る。

「悲しいお話です。くまさんと女の子が可哀想です」

「大丈夫だよ。最後はちゃんと幸せになるから」

わたしも悲しいお話より、ハッピーエンドのほうが好きだ。

馬車が魔物に襲われるシーンを描く。

これはミサの馬車が襲われたことを真似ている。

みんなが逃げだす中、取り残される女の子たち。

馬車は揺れ、魔物の声がする。

そこに颯爽《さっそう》と駆けつけるのが、くまさんだ。

少し変えてあるけど、わたしがミサを助けたときの話だ。

くまさんは魔物をやっつけて、女の子たちを助け出す。

「よかったです」

「くまさん強いです」

そして、壊れた馬車では移動もできないし、くまさん一人では3人を乗せることはできない。

そこで、くまさんは鳴き声をあげて仲間を呼ぶ。

現れたのはデフォルメされた黒くまさんと白くまさんだ。

「くまゆるとくまきゅうですね」

「可愛い」

デフォルメされた新しいくまさんの登場に2人は喜ぶ。

「シュリ、どっちに乗りたいか希望ある？」

「くまきゅうちゃん！」

悩むこともせずに即答するシュリ。

「どうして、くまきゅうなの？」

「白くて綺麗《きれい》だから」

たしかにくまきゅうは白くて綺麗な毛並みをしている。

くまゆるは黒いからといって、汚れているわけじゃないよ。

「それじゃ、妹は白くまさんに乗せるね」

フィナ役の女の子はわたし役のくまに乗せ、ティルミナさん役のお母さんはくまゆる役の黒くまさんに乗せる。

そして、くまさんに乗った3人は隣の街へ向けて出発をする。

「逃げた人たちはいいんですか?」

「女子供を置いて逃げるんだからいいんだよ」

一応、死体は描かないようにする。そのあたりは読んだ子に想像してもらう。

そもそも絵本は読んだ子の想像力を養うためのものでもある。

逃げた人が魔物に襲われたのか、助かったのかは読んだ子や親の想像に任せる。

逃げて苦労して街に行ったと説明するのも、魔物に殺されたって説明するのも親の大切な役目だ。

どう教えるかによって、子供の考え方が変わる。と、フィナとシュリにもっともらしいことを言って誤魔化してみる。

本音を言えば絵本に死体を描きたくなかっただけだ。

「フィナたちはどう思う?」

「助かってほしいです」

「分からない」

シュリは分からなそうにするけど、フィナは優しいね。

「ユナお姉ちゃんの考えは?」

「難しいね。馬車に乗っていた人次第で変わるよ。強そうな人なら、逃げずに戦ってほしい。戦えそうもない人たちなら、逃げてもしかたないと思うし、生き残ってほしい。でも、女の子を突き飛ばした人は幸せにはなれないと思う」

「うぅ、ユナお姉ちゃん怖いです」

「あくまでわたしの考えだよ。そして、正しいわけじゃないよ。できれば、フィナとシュリには優しい気持ちでいてほしいよ」

わたしみたいに心が汚れてほしくないからね。

ちなみに絵本に死体や怪我人が出てこないのは、絵本作家であるわたし個人の理由が一番大きい。

この場に他の人物がいると、くまさんの登場に邪魔だったとは言えない。

事実と建前は別物だからね。

そして、くまさんたちに乗った女の子たち家族は隣の街へ向かって移動する。

くまさんに乗った女の子たち家族は無事に隣の街に到着した。

到着したら、くまさんと別れないといけない。くまさんは街の中には入れないのだから。

女の子たちはくまさんとお別れをしようとすると、妹は別れたくないとわがままを言いだす。もちろん、女の子も別れたくない。

「ここで別れるの？」

「くまさんと別れたら可哀想です」

「大丈夫だよ」

わたしはくまさんを小さくさせる。

そして、女の子が小さいくまさんを嬉しそうに抱きしめる絵を描く。その姿は嬉しそうな表情だ。

「うぅ、なんか恥ずかしいです。これって、わたしがユナお姉ちゃんを抱きしめているってことですよね」

「別にそういうわけじゃないよ。わたしじゃなく、くまゆるとくまきゅうだと思ってくればいいよ」

そして、小さくなったくまさんを抱いて、女の子たちは街の中に入ることができた。

あとは文章で「女の子は、くまさんと一緒にいられることになりました」と書いて、くまさんと女の子の絵本3巻が描き終わる。

「ユナ姉ちゃん。凄《すご》いです」

「はい、凄く絵が上手です。お話も初めは悲しかったけど、最後はくまさんと一緒になれてよかったです」

子供が読むんだから、ハッピーエンドで終わらせないとね。

元の世界だと悲しい絵本も普通にあるけど、やっぱり頑張っている子には幸せになってほしい。

「でも、ノア様に怒られませんか？」

「ノア？」

どうして、ここでノアの名前が出てくるかな？

「だって、このお話はわたしたちが王都に行くときのお話を元に作っているんですよね？」

「一応ね。いろいろとアレンジしているけどね」

ミサが馬車で襲われるシーンとか、助けるシーンはそうだ。

「これを見て、ノア様が登場していないことを知ったら」

なるほど、そういうことね。

「大丈夫だよ。フィナだって、登場するのは恥ずかしくて嫌だったんでしょう？」

「はい。でも……」

「ノアも恥ずかしがるから大丈夫だよ。それに、この絵本がフィナとわたしたちの話を元に描いているなんて知らないと思うし、なによりもノアがこの絵本を見ることはないよ」

今までだって絵本の存在を知らなかったんだし、ノアが絵本の存在を知ることはないと思う。

王都でだって一部の人しか持っていないし、クリモニアには孤児院にしか置いていない。

ノアが絵本を見ることはない。

「なら、いいんですが」

「フィナは心配性だね」

と、フィナの不安な気持ちを笑いながら解消してあげた。

番外編① エレローラ様とゼレフおじさんがやってくる その1

ユナお姉ちゃんがおでかけして、2日ほどたちました。

今回はサーニャさんの故郷であるエルフの村に一緒に行くそうです。エルフの村ってどんなところなんでしょう。わたしもいつか行ってみたいです。

今わたしは、コケッコウのお世話をしながら、卵の数を数えています。

今日もたくさんの卵が産まれてよかったです。

卵は毎日、商業ギルドに卸《おろ》すことになっています。商業ギルドからカッサドルさんが卵を引き取りに来ます。わたしたちが売りに行かないで済むので、とても楽です。お母さんに聞きましたが、かなりの金額になっているそうです。そのお金は孤児院の子供たちが暮らすためや、お母さんのお給金になります。

わたしとシュリはお母さんのお手伝いということなので、孤児院やお店のお手伝いではお給金はもらっていません。その代わりに魔物の解体の仕事のときはもらっています。断ったのですが、ユナ姉ちゃんが渡してきます。

今日のカッサドルさん、なにか様子がおかしいです。

いつもなら、ニコニコしながら卵の状況を聞いてくるのですが、慌ててお母さんのところに行くと、商業ギルドに至急来てほしいって伝えています。

お母さんはたまにミレーヌさんと仕事の話のために商業ギルドに行きますが、今日は少し違う感じがします。

「あと、フィナちゃんもお願いします」

カッサドルさんがわたしを見て言いました。

「わたしもですか？」

「はい、お願いします」

「えっと、なんでですか？」

一緒についていくことはありますが、呼ばれるのは初めてのことです。

「ギルマスからティルミナさんとフィナちゃんを連れてきてほしいと頼まれました。卵を用意できましたら、馬車に乗ってください」

よく分かりませんが、わたしも商業ギルドに行くことになりました。わたしが呼ばれるってことは、ユナお姉ちゃんのことでしょうか？　それぐらいしか、ミレーヌさんがわたしを呼ぶ理由が思いつきません。

「理由は分からないけど、急いで卵を準備して向かいましょう。フィナ、手伝って」

わたしは急いで商業ギルドに渡す卵の用意をします。

お母さんは孤児院の子供のお世話をしながら、鳥の管理を任されているリズさんに商業ギルドに行くことを伝えます。

「すぐに戻ってこられると思うけど、戻ってくるのが遅くなりましたら、シュリをお願いしますね」

シュリは孤児院のほうで小さな子供たちと遊んだり、勉強をしたりしています。

ミリーラの町から来たニーフさんが文字や数字の勉強を見てくれています。

「お昼までに戻ってこなかったら、一緒に食事をさせておきますね」

お母さんとわたしがいないとき、孤児院で食事をするのはいつものことです。

「あと、お店の卵の用意をお願いね」

「はい。あとはやっておきますから、大丈夫ですよ」

あとはリズさんに任せ、わたしたちは卵を持って馬車に乗り、商業ギルドに向かいます。

カッサドルさんは卵を届けるそうなので、商業ギルドの前で別れます。

わたしとお母さんは商業ギルドの中に入り、ミレーヌさんに会いに行きます。

「失礼します」

お母さんが声をかけてミレーヌさんがいる部屋に入ります。その後ろをわたしはついていきます。

部屋に入った瞬間、わたしの足は止まりました。

部屋の中には予想もしていなかった人がいたからです。

「フィナちゃん、久しぶり。ってわけでもないかしら、ミサの誕生日パーティーで会っているから」

「フィナ殿、パーティーのとき以来ですな」

部屋の中にはミレーヌさんの他にエレローラ様とゼレフおじさんがいました。

どうして、エレローラ様とゼレフおじさんがここに？

「フィナ、知っている人？」

お母さんが尋ねてきます。

そうです。お母さんは2人のことを知りません。

「えっと、ノア様のお母さんのエレローラ様と、お城で料理を作っているゼレフおじさんです」

わたしはゼレフさんのことをゼレフおじさんと呼んでいます。初めにゼレフ様と呼んだら「ユナ殿の友人にゼレフ様と呼ばれたくないので、普通にゼレフと呼んでください」と言われました。

お城で料理を作る人のなかで、一番偉い方をそんな呼び方していいのかと思ったのですが、ゼレフおじさんがそれでいいと言うので、そのように呼ぶことになりました。

「えっ？　それじゃ、クリフ様の奥様？　と王宮料理人？」

「わたしはエレローラ・フォシュローゼ。いつも、フィナちゃんには娘のノアと遊んでいただいているようで、ありがとうございます」

「自分はお城で料理長を務めておりますゼレフと申します。娘さんとはユナ殿と一緒に何度かお会いしてます」

エレローラ様とゼレフおじさんが自己紹介します。それを見て、慌ててお母さんも自己紹介します。

「フィナの母、ティルミナと申します。いつも、娘がお世話になっています。ノアール様にはいつもお店に来ていただき、ありがとうございます」

お母さんはわけが分からないとでもいうようにミレーヌさんとわたしのほうを交互に見ています。そんな顔でわたしを見られても、2人がいる理由も、わたしとお母さんが呼ばれた理由も分かりません。

「それで、どうして呼ばれたのでしょうか？　もしかして、うちの娘がなにか？」

お母さんが不安そうにわたしのほうを見ます。

なにかした覚えはありません。

「そんなに緊張しないで大丈夫ですよ。別にフィナちゃんがなにかしたわけじゃありませんから。今日は、こちらのゼレフと一緒にユナちゃんのお店を見にきただけです。それで、夫に話したらミレーヌに話を通したほうがいいって言われて」

エレローラ様とゼレフおじさんが説明します。なんでも、王都でユナお姉ちゃんのレシピのプリンやケーキなどを出すお店を作るそうです。それで、クリモニアまでユナお姉ちゃんのお店を見にきたそうです。

「それでミレーヌに話を聞いたら、フィナちゃんのお母さんのティルミナさんがお店を管理しているって聞いて。それで娘もお世話になっているし、挨拶《あいさつ》をと思ったの」

それで呼ばれたみたいです。

「それでユナちゃんには会えるかしら？」

どうやら、エレローラ様とゼレフおじさんはユナお姉ちゃんがいないことを知らないみたいです。

「ユナお姉ちゃんは今は街にいないです」

「そうなの!?」

「ごめんなさい」

「別にフィナちゃんが謝ることじゃないわよ。わたしが連絡もせずに来たんだから」

「それで、ユナちゃんは、すぐに戻ってくるの？」

わたしは首を横に振ります。

「遠くに行くと言っていたから、いつ戻ってくるか分からないです」

エルフの村の場所は分かりませんが、遠いようなことを言っていました。

「驚かせようと思ったのに……」

エレローラ様は残念そうにします。

わたしは十分に驚かされました。

「残念だけどしかたないわね。それじゃ、迷惑じゃなければ、ティルミナさんとフィナちゃんに案内をお願いできるかしら」

「わたしたちですか？」

「うん、迷惑じゃなければ」

わたしはチラッとお母さんを見ます。

お母さんは緊張しているようで、困っています。

「わたしからもお願いします」

ゼレフおじさんも頼みます。

お母さんはもの凄《すご》く困った表情をして、助けを求めるように商業ギルドのマスターであるミレーヌさんを見ます。

でも、ミレーヌさんは首を小さく横に振ります。

諦めてくださいって顔だ。

エレローラ様はこういう方でした。優しいのですが、少々強引なところがあります。それで、わたしは着せ替え人形になりました。あのときのことが思い出されます。

お母さんは部屋にいる全員の顔を見てから「わたしたちでよろしいのでしたら」、そう答えます。

貴族様であるエレローラ様のお願いを断れるわけがないです。

「本当？　ありがとう」

「ありがとうございます」

　2人にお礼を言われます。

「それで、2人にお願いなんだけど、わたしがこの街の領主の妻ってことは黙っててほしいの。お店の邪魔はしたくないし、普段の様子が見たいの。だから、わたしとゼレフのことはティルミナさんのお友だちってことでお願いしますね」

　エレローラ様がお母さんに向かって微笑《ほほえ》みます。

　ゼレフおじさんも「よろしくお願いします」と頭を下げます。

「それじゃ、さっそく行きましょう」

　エレローラ様は立ち上がります。

「それでは馬車を用意します」

　ミレーヌさんがそう言うと、エレローラ様は断ります。

「久しぶりに街を見てみたいし、歩きながら行くからいいわ」

「自分も歩くのはよい機会です」

　そんなわけで、わたしたちはエレローラ様とゼレフおじさんと歩いてお店に行くことになりました。

番外編② エレローラ様とゼレフおじさんがやってくる　その2

わたしたちはエレローラ様とゼレフおじさんと一緒に街の中を歩きます。

少し緊張しますが、お母さんはわたし以上に緊張しています。その気持ちは分かります。せめて、ミレーヌさんがいてくれればよかったのですが、ミリーラの町の件で忙しいとのことです。

わたしはお母さんのためにエレローラ様と会話をすることにします。

「あのう、エレローラ様」

「なに？」

「ノア様は一緒ではないのですか」

ミサ様の誕生日パーティーで会えましたが、騒ぎがあったせいで、あまりお話ができなくて、残念がっていました。

「ノアなら、家に置いてきたわよ。あの子、何度もユナちゃんのお店に行っているんでしょう？」

ノア様の姿はお店でよくお見かけします。最近のお気に入りはくまさんのパンです。

「今回はお忍びってことだから、置いてきたのよ。あの子がいたら、すぐに母親って気づかれてしまうでしょう。なによりも、仕事で来ているからね」

理由は分かりましたが、久しぶりにお母さんに会えたのに、ノア様が可哀想《かわいそう》です。

「そんな顔をしなくても大丈夫よ。ちゃんとノアと一緒にいる時間は作るつもりだから。わたしだって、娘といる時間は大切にしたいからね」

それなら、よかったです。

「これからもノアと仲良くしてあげてね」

「はい」

エレローラ様とお話をしていると「くまさんの憩いの店」が見えてきます。

「もしかして、あの建物？」

「はい」

ユナお姉ちゃんのお店だとひと目で分かるものがあります。

お店の前にあるクマさんの石像です。

エレローラ様が駆けだします。それをわたしたちは追いかけます。ゼレフおじさんは、少し太っているので、走るのが大変そうです。

「クマの置物だわ。こんなものを作ったのね」

エレローラ様は楽しそうにクマさんの石像に触ります。

ユナお姉ちゃんが言うには魔法で作ってあるので、簡単には壊れないそうです。だから、子供たちが乱暴に扱っても大丈夫と言ってました。

「クマがパンを持っていますな」

遅れてやってきたゼレフおじさんがクマさんの石像を見ます。

少し、息が切れています。

「これもユナちゃんが？」

「はい、お店をクマのお店にするために」

「王都のお店にも置こうかしら？」

「いいですな。きっと、ユナ殿も喜んでくれるはずです」

う～ん、ユナお姉ちゃん、喜ぶかな？

このクマさんの石像も嫌がりながら作っていました。

わたしは可愛《かわい》いから、いいと思うのですが。

「エレローラ殿、お店の中に入りましょう。お腹《なか》が空きました」

ゼレフおじさんが大きなお腹を触ります。たくさん、食べそうです。

「そうね。入りましょう。先ほどからいい匂いがしてくるわ」

焼きたてのパンの匂いです。他にも美味《おい》しそうな匂いがしてきます。

「クマだわ」

お店の中にはいろいろなクマさんの置物が、テーブルの上から柱、壁などいろいろな場所に置かれています。

「まさしく、『くまさんの憩いの店』ね」

はい、どのクマさんも可愛く、癒されます。

お客様が欲しがるほど、人気があります。

エレローラ様とゼレフおじさんはお店の中を歩きだします。

「どのクマさんも違うのね」

勝手にお店の中を歩きだし、他のお客様がいるテーブルも見始めます。ゼレフおじさんはクマさんだけでなく、お客さんが食べている料理も見始めます。

このままでは他のお客さんの迷惑になってしまいます。

「どうしたら」

お母さんが困っています。分かります。エレローラ様は貴族様です。ゼレフおじさんはお城で一番偉い料理人と言ってました。そんな2人に注意なんてできません。

「このクマさん、魚を咥《くわ》えているわ。こっちは走っているわ」

「あのパンは美味しそうですな。あれはケーキ、プリンもありますな」

店で働くカリンお姉ちゃんやみんなが気づきます。

「わたしのお客様だから、大丈夫だから」

お母さんはカリンお姉ちゃんに伝えるとエレローラ様とゼレフおじさんを見ながら仕事に戻っていきます。

誰もノア様のお母さんってことには気づきません。

王都にいたカリンお姉ちゃんも分からないみたいです。

だけど、エレローラ様とゼレフおじさんを止めないと大変なことになります。止められるのはわたししかいないです。

「エレローラ様、ゼレフおじさん、他のお客様の迷惑になるから、あまり歩き回るのは」

店内を歩き回る2人に声をかけます。

「ごめんなさい。クマさんの形がみんな違ったから、全部見たくなって」

「申し訳ない。料理を見ていたら、周りが見えなくなりました」

2人は謝罪をして、歩き回るのをやめてくれます。

わたしが安堵《あんど》の表情を浮かべていると、お母さんが驚いたようにわたしを見ています。

「お母さん?」

「な、なんでもないわ。ありがとうね。助かったわ」

お母さんの役に立てたみたいで、よかったです。

「あと、店員さんの格好が可愛いわ」

エレローラ様が店内で仕事をしている子供たちを見ます。

「あの格好はくまゆるちゃんたちと一緒に遊ぶときにノアたちが着ていた服ね」

ミサ様の誕生日パーティーをしたときに大事件が起きました。そのときにくまゆるとくまきゅうが街の人たちに怖がられることがありました。そのとき、くまさんが怖くないって示すために、ノア様、ミサ様、わたしの3人はくまさんの格好をして、くまゆるとくまきゅうと遊びました。

「やっぱり、可愛いわね。王都のお店でもやろうかしら？」

それはやめたほうがいいと思います。ユナお姉ちゃんは嫌がると思います。

「それはいい考えですな」

ゼレフおじさんもやる気です。ユナお姉ちゃんが怒らないように願います。

とりあえず、店内の真ん中で立っているのは邪魔になるので、料理を注文するため、カウンターに向かいます。

エレローラ様とゼレフおじさんは並んでいるパンを見ます。

「どれも美味しそうね」

「こちらにはケーキが並んでいますな。しかも、食べたことがないケーキもありますな」

「このケーキもユナちゃんが考えたの？」

「いえ、ケーキを担当しているネリンお姉ちゃんが、いろいろと考えて、作っています」

ケーキはネリンお姉ちゃんがいろいろな果物を使って、新しいケーキを作っています。

でも、やっぱり一番人気はイチゴのケーキです。

「こっちにはクマのパンまであるわ」

「ユナ殿はそんなものまで作っていたのですね。たしかに子供に喜ばれますな。さすが、ユナ殿です。お客様に喜ばれるものを作り上げる。料理人として見習わないといけませんな」

ユナお姉ちゃんは食べ物のことになると頑張ります。

ケーキもそうですが、魚を食べたいってことで、海まで行ったりしました。それでアンズお姉ちゃんをこの街に連れてきてしまうほどです。

「はぁ、困るわね」

「ええ、困りますな」

2人は困った表情でパンやケーキを見ています。

2人の言葉にお母さんまでが困った顔をしています。

「なにが困ったんですか？」

「もちろん、どれも美味しそうだから、なにを食べたらいいのか、迷っているのよ」

「ええ、この街にいられる日数は決まっています。食べられる量も決まっています。どれを食べたらいいのか」

たしかに、食べられる量は決まっています。

わたしもたくさんは食べることができません。

「そういえば、ピザだったかしら、あれはないの？」

「ありますよ」

わたしは手を上げて、カウンターに立っている女の子の後ろを指さします。

そこにはいろいろな種類のピザの絵があります。

「あら、本当」

「種類が多いですな。ユナ殿にごちそうになったピザはあれでしょうか」

ゼレフおじさんが一枚のピザの絵を見ます。

「ユナちゃん、こんなに種類を増やしていたのね」

「えっと、これは海の材料を使ったピザですな。こっちはじゃがいも、こっちはそれぞれの肉を使ったピザ」

ピザの絵の下には具材が書かれています。

「ピザもこんなに種類があったら困るわね」

「そんな人用に4分割ピザがありますよ」

絵に描いてあるピザから好きな種類のピザを4つ選び、4分割のピザを頼むことができます。

一度で4種類の味を楽しめるのでお得です。

「これもユナちゃんが考えたの？」

「はい。『そのほうがいろいろな味を食べることができて、いいでしょう』って言ってました」

それから2人は悩みながら、パンやピザ、ケーキを注文します。

わたしもお母さんと一緒に注文をします。お母さんが全員分の代金を払おうとしたら、エレローラ様が止めます。「ここはわたしに払わせて」と言って代金を支払います。

お母さんは一瞬困った表情をしますが、エレローラ様の好意を受け取ることにしました。

そして、わたしたちは注文した料理をテーブルに運びます。

「やっぱり、どれも美味しいわね」

「そうですな。勉強になります。それでティルミナ殿。いきなりで申し訳ないのですが、調理場を見させていただくことはできるでしょうか？」

ゼレフおじさんがお母さんに尋ねます。

「調理場ですか？」

「はい、どんなふうに作っているか、調理場で働く者たちを見てみたいのです」

「それは」

「先ほども言いましたが、ユナ殿からレシピは教わっております。オリジナルの料理があるのは知っております。もし、同じような料理を王都のお店で出すことがあれば、ユナ殿に許可をいただくようにします」

ゼレフおじさんは頭を下げます。

「……分かりました。それでは食べ終わったあとに案内します」

「ありがとうございます」

「それにしても、子供たちは元気に働いているわね」

「それはユナちゃんがお店で働くみんなのことを考えているからだと思います。６日働いたら一日休み。時間になったら店を閉じる。あと、なにより、ユナちゃんの名前が広まっていることもあって、このお店で悪いことをしようとする人がいないってことも大きいと思います」

お店で働く子供たちに嫌がらせをしようものなら、ユナお姉ちゃんが出てくるからです。

前にお客様に迷惑をかけてしまった子がいました。それでお客様は子供に文句を言い、さらには叩こうとしました。でも、それを食事をしていた冒険者が助けてくれました。

このお店はユナお姉ちゃんのお店ってことが広まり、冒険者は暴れたりせず、しかもユナお姉ちゃんのことを知らない一般の人が暴れたときは、冒険者たちが守ってくれます。

あと、お父さんが冒険者ギルドで働いていることも大きく貢献していると思います。ギルドマスターもユナお姉ちゃんのお店で、絶対に暴れるなと言っているそうです。

さらに言えば商業ギルドのギルドマスターのミレーヌさんも関わっているので、商業ギルド関係の人も守ってくれています。

あと、なにより大きいのはこの街の領主であるクリフ様もたまに食べにくるからです。

そんなこともあって、このお店の安全は守られています。

だから、子供たちは嫌なこともされず、笑顔で働くことができます。

「凄《すご》いわね」

はい、本当に凄いです。

「でも、あの格好からは想像もつかないのよね」

ユナお姉ちゃんは可愛いクマさんです。

それから、料理を食べ終えたエレローラ様とゼレフおじさんを、調理場に案内します。

調理場ではモリンさんを中心にみんなが働いています。

「モリンさん、失礼します」

「ティルミナさん？　そっちの人たちは？」

いきなり見知らぬ人を調理場に連れてきたのでモリンさんが驚いています。

「わたしとユナちゃんの友人です」

「ティルミナさんにお願いして、みなさんの仕事を見せてもらうことになりました。迷惑はかけませんので」

「わたしは料理人をしているゼレフと申します。ユナ殿からはパンやピザ、ケーキなどの基本の作り方は教わっています。レシピの秘密については安心してもらえると助かります。今日はみなさんの仕事場を見せていただければと思います」

「ユナちゃんとティルミナさんの知り合いならいいけど、仕事の邪魔だけはしないで」

「それはもちろんです」

モリンさんはそれだけ言うと仕事に戻ります。

エレローラ様とゼレフおじさんは調理場で働くみんなを見ます。

モリンさんと子供たちは売り切れになりそうなパンを作ったり、注文が入ったピザを焼いたり、フライドポテトやポテトチップスなども作っています。

ユナお姉ちゃんが作った、換気扇というものが部屋の空気を外に逃がします。

この換気扇から外に美味しそうな匂いを運ぶので、外にいるお客さんが入ってきてくれて、一石二鳥と言ってました。

さらに暑いときは氷の魔石と風の魔石で作った冷たい空気が出てくる魔道具もあります。

これを使うと部屋が涼しくなります。

暑い部屋の中での仕事は体力を消耗するので、よくないと言ってました。ユナお姉ちゃんはいつも、みんなのことを考えてくれる優しい人です。

エレローラ様とゼレフおじさんはモリンさんのパン作りや、ネリンお姉ちゃんのケーキ作り、子供たちのお手伝いの様子を見て、感心していました。

そして、明日は孤児院を案内することになりました。

番外編③　エレローラ様とゼレフおじさんがやってくる　その3

クリモニアにやってきたエレローラ様とゼレフおじさんを「くまさんの憩いの店」に案内しました。店内を歩き回ったり、いろいろと大変でした。

特に貴族であるエレローラ様にどのように対応していいかお母さんが困っていました。

「フィナ、ありがとうね。助かったわ」

夕食の準備をしているお母さんがお礼を言ってくれます。

お母さんの役に立てて、少し嬉しいです。

「でも、フィナがエレローラ様とゼレフさんに普通に話しているのを見たときは驚いたわ」

「何度かお話ししているからだよ」

エレローラ様とゼレフおじさんとはお城やミサ様の誕生日パーティーでお話ししました。

エレローラ様に関しては数日間、一緒だったこともあります。そのときに、いろいろな服を着せられた記憶が蘇ってきます。体がブルッと震えます。

「わたしも会いたかった」

一緒に夕食のお手伝いをしているシュリが少しだけ頬《ほお》を膨らませます。わたしたちはシュリを孤児院に置いてきたので、シュリはエレローラ様とゼレフおじさんに会うことはできませんでした。

「明日は孤児院に行くことになっているから、会えるよ」

「シュリ、相手は偉い人だから、変なことをしたらダメよ」

「変なことなんてしないよ～」

シュリにはエレローラ様のことはすぐにばれてしまいました。前にわたしがエレローラ様のお話をしたことを覚えていたみたいです。

「あと、他の人にノア様のお母さんってことを話しちゃダメだからね」

もし、エレローラ様とゼレフおじさんのことが知られたら大変なことになります。

翌日、孤児院に向かう途中の道でエレローラ様とゼレフおじさんを待ちます。本当はノア様のお家までお2人をお迎えに行こうとしたのですが、断られてしまいました。なので、ここで待ち合わせをすることになりました。

お母さんとシュリと待っていると、2人が歩いてやってくるのが見えました。

「遅くなってごめんなさい」

「自分が歩くのが遅いもので」

2人が謝罪します。

「いえ、大丈夫です」

お母さんが、緊張しながら答えます。

「ティルミナさん、言葉遣いは普通で」

「はい、だ、大丈夫よ」

大丈夫そうに見えません。

そんなお母さんを見てエレローラ様は微笑《ほほえ》みます。

「そっちの子は？」

エレローラ様がわたしの後ろにいるシュリを見ます。シュリはわたしの服を握って隠れています。

「妹のシュリです」

「……シュリです」

わたしが紹介するとシュリは小さな声で挨拶《あいさつ》をします。

「ふふ、フィナちゃんに似て可愛《かわい》い子ね。わたしはエレローラ。えっと……ユナちゃんとフィナちゃんの知り合いよ」

「知ってる。ノア姉ちゃんのお母さん」

そのシュリの言葉にエレローラ様は驚きます。

「その、わたしがエレローラ様のことを家で話すことがあったので」

「そうなのね。でも、フィナちゃんはわたしのことをどんなふうに話しているのかしら？」

エレローラ様がわたしを見て、微笑みます。

うぅ、わたし変なことは言っていないはずです。

「優しい人だって言っていたよ」

「本当？　嬉しいわ」

お母さんを心配させたくないから、そう言った記憶があります。シュリが変なことを言いださないでよかったです。

「お城とか連れていってもらったって。お城いいな」

「ふふ、それじゃ。今度シュリちゃんが王都に来たら案内してあげる」

「本当⁉」

社交辞令って言葉があります。

エレローラ様もシュリが王都まで来れるとは思っていないから、そう言ったのかもしれません。

でも、シュリはエレローラ様の言葉が本気だと思っています。

「ええ、約束」

「そうですな。そのときはわたしが料理をご馳走してさしあげましょう」

ゼレフおじさんまで、そんなことを言いだします。

2人の言葉にお母さんは困った顔をしています。

「シュリ、あまり、わがままを言ったらダメだからね」

わたしが注意するとシュリは口を小さく尖《とが》らせながらも頷《うなず》きます。

納得はしているけど、したくない仕草です。たぶん、お姉ちゃんだけズルイとか思っているのかもしれないです。

わたしも連れていってあげたい気持ちはあるけど、ユナお姉ちゃんの移動できる扉のことを話すことはできないし、簡単に王都に連れていってあげるとは言えません。


わたしたちは孤児院に向けて歩きだします。

シュリとエレローラ様がお話をしているので、わたしはゼレフおじさんと会話をしながら歩きます。お母さんは緊張しながら、わたしたちの話を聞いています。お母さんのためにも、わたしが頑張らないといけません。

お話ししながら歩いていると壁が見えてきます。

「あれが鳥のお世話をしているところね。側に建物があるわね。あれが孤児院かしら？」

孤児院はユナお姉ちゃんが建て直したので、綺麗《きれい》な建物です。

わたしたちはエレローラ様とゼレフおじさんを連れて、コケッコウがいる壁の内側に入ります。壁の内側にはコケッコウの小屋とお母さんが仕事をする小屋があります。

「ここでコケッコウの世話をして卵を集めているのね」

「結構な数のコケッコウがいますな」

エレローラ様とゼレフおじさんは周りを見ます。

コケッコウは小屋から出て、外で元気に動いています。

コケッコウは高くは飛べないようで、ユナお姉ちゃんが作った壁を越えることはできません。それに大人しいので、逃げだそうともしません。ただ、小屋に入れようとすると、必ず数羽は逃げまどうのがいるので大変です。でも、今では挟み込むように捕まえて小屋に入れます。

そんな中、子供たちが小屋を出入りしている姿があります。

「あれは何をしているの？」

「小屋の掃除と回収した卵を隣の小屋に運んでいます」

お母さんが説明します。

子供たちは一生懸命に動き回って働いています。

「子供たちが笑顔なのはユナちゃんのおかげなのよね。クリフが不甲斐ないばかりに。いえ、わたしも気づけなかった責任があるわね」

子供たちを見るエレローラ様が小さな声で口にします。

ユナお姉ちゃんが来る前の孤児院はとても大変でした。当時のことはわたしも覚えています。まだ、建物は古く、お金がなく、食べるものに困っていました。

なんでも、クリフ様の部下の人が孤児院のお金を盗んでいたらしいです。それで、クリフ様は謝罪を含めて、新しい孤児院を建てることにしました。実際に建てたのはユナお姉ちゃんですが、建物の中のベッドやタンスなど必要なものはクリフ様がお金を出してくれたと聞きました。

エレローラ様はそれ以上のことは口にせず、お母さんに話しかけます。

「小屋の中を見せてもらってもいいかしら？」

わたしたちは小屋の掃除と卵を集めている子供たちを見てから、隣の卵を管理している小屋に移動します。

中ではお母さんの代わりにリズさんが仕事をしています。

リズさんは子供たちのお世話をしている女性です。みんなのお姉ちゃんで、とても面倒見がよく、優しい人です。でも、怒るときは怖いです。だから、子供たちは叱られないようにしています。

「リズさん、ごめんなさい。任せてしまって」

お母さんに用事があるときは、リズさんがお母さんの代わりに仕事をしてくれます。

「大丈夫ですよ。お客さんがいらしているんですよね。もしかして、そちらの人たちが？」

リズさんがエレローラ様とゼレフおじさんのほうを見ます。

「2人はわたしとユナちゃんの知り合い」

「エレローラと申します」

「自分はゼレフと申します」

2人は名前を名乗ります。

「わたしはリズです。こんな汚いところに申し訳ありません」

「今日は鳥と卵を見せてもらいにきました。邪魔はしませんので、しばらく見学させてもらってもいいでしょうか？」

ゼレフおじさんがリズさんに丁寧にお願いする。

「ティルミナさんとユナちゃんの知り合いなら」

リズさんはお母さんのほうを見ます。

「本当はユナちゃんもいればよかったんだけど」

お母さんは困った表情を浮かべています。

「たしか、お出かけしているんですよね」

ユナお姉ちゃんは遠くに出かけるときは、一言言ってから出かけます。わたしに言ったり、お母さんに言ったりします。

「なので、ティルミナさんが許可を出したのならかまいませんよ」

「ありがとうございます」

2人は改めて小屋の中を見ます。

小屋の中には作業するテーブルや水場があります。壁の端には卵をしまう箱があります。ここではお母さんが仕事をしています。

「そこの分けられている卵には理由があるのかしら」

卵が入った箱が分けられています。

「そっちが商業ギルドに卸《おろ》す卵で、こっちがお店に持っていく卵です。あと、ひび割れてしまっている卵はわたしたちが食べます」

リズさんの近くには子供たちが持ってきた卵がカゴに入っています。それぞれの卵の状態を確認して、状態のよい卵を商業ギルドに、残りはお店に持っていくようになっています。店で使うなら、傷んだりしていなければ問題はありません。

ただひび割れた卵などは、孤児院の昼食などに使います。

「ティルミナ殿。卵を譲ってほしいのですが、お願いはできますか？　もちろん、代金は支払わせていただきます」

「お金は大丈夫です。どうぞお持ちになってください」

お母さんはいきなりの申し出に困って、そう返答する。

「いえ、そうはいきません。子供たちが一生懸命に鳥のお世話をして、産ませた卵です。ちゃんと購入させていただきます」

「そうね。わたしも買っていこうかしら」

エレローラ様の言葉にお母さんは困った表情をする。すると、お母さんはなにかを思いついた顔をします。

「わたしとお友達なんですよね。それなら、お譲りしても」

その言葉にゼレフおじさんとエレローラ様が驚きの表情をします。そして、2人は笑いだします。

「ええ、そうね。でも、友人だからこそ、お金のやりとりは大切ね。子供同士も長い付き合いになるのですから」

そう言い返されて、またお母さんが困った表情をします。

結局、商業ギルドに卸している値段でエレローラ様とゼレフおじさんは卵を購入することになりました。

「そんなに安いので？」

卵の値段が安いことにゼレフおじさんは驚きます。

「ユナちゃんは、お金儲《もう》けを考えていないみたいで。卵を無駄にするぐらいなら、価格を安くして、幅広く食べてもらおうって」

「ユナ殿らしいですな。人として、器の大きな方です」

「体は小さいけどね」

エレローラ様がそう言うとみんなが笑いだします。

もし、この場にユナお姉ちゃんがいたら、きっと怒っていました。このことは絶対にユナお姉ちゃんには話せません。

孤児院の鳥小屋をあとにしたわたしたちは、アンズお姉ちゃんのお店「くまさん食堂」に向かいます。

「ここにもクマがいるわね」

「魚を抱えていますな」

「確か、ここでは魚料理を作っているのよね」

「くまさんの憩いの店」から、近い場所にあります。昨日は「くまさんの憩いの店」で食事をしたあと別れたので、案内はしてません。

わたしたちはお店の中に入ります。

「いらっしゃいませ。って、ティルミナさんとフィナとシュリちゃんじゃない。今日はどうしたんですか？」

「くまさん食堂」で働くセーノさんがやってきます。セーノさんはアンズお姉ちゃんと同じミリーラの町からやってきた女性です。いつも、元気で明るい人です。お店には同じくミリーラの町から来たフォルネさんがいます。

「今日は知り合いを連れてきたから、ここで食事をと思ったの」

お母さんの言葉にエレローラ様とゼレフおじさんが軽く頭を下げます。

「それじゃ、席に座ってください。注文は何にします？」

「えっと、それじゃおすすめをお願い」

「自分は、他の街では食べられないものでお願いします」

「わたしは3色おにぎりと焼き魚で」

「わたしも〜」

とシュリがお母さんの真似をしましたが、お母さんと分けることになりました。

「わたしはタケノコの混ぜご飯と魚の天ぷら」

「了解。アンズ～、3色おにぎりセットとタケノコご飯と魚の天ぷらセット。それから、お任せセットを2つ」

「セーノさん、お任せセットなんてないでしょう」

アンズお姉ちゃんが文句を言いながら出てきました。

「注文はしっかりとってください」

「ごめんなさいね。何が美味《おい》しいか分からなかったから、お任せでお願いしてしまったの」

キッチンから出てきたアンズお姉ちゃんにエレローラ様が謝ります。

「えっと、いえ」

いきなり謝られてアンズお姉ちゃんが困ってしまいます。

「この方はエレローラさ…んとゼレフさんといって、わたしの知り合いで、この店でしか食べられない料理が食べたいっていうから、お願いできる?」

お母さん。今、「エレローラ様」って呼びそうになりました。危なかったです。

「そういうことなら、こちらで作らせてもらいますね」

アンズお姉ちゃんは調理場に戻ります。

しばらくするとテーブルに料理が並びます。

色とりどりのおにぎりが並びます。

本来は3つのおにぎりが出てくるのですが、今日は5人っていうことで、15個あります。

「お米ですな」

「はい。中に具が入っていますので、いろいろな味を楽しめます」

3色おにぎりの中身はその日によって変わります。

味つけをした魚を細かくしたものや、海で採れる海藻、赤くて酸っぱい梅干しっていうもの。鶏肉、豚肉や他の肉を入れたりもするそうです。あと、焼きおにぎりっていうのが別にあったりします。あれも美味しいから好きです。


それからテーブルの上には魚料理から、イカやタコまであります。貝を使った料理もテーブルの上に並びます。

「肉料理もあるのですが、珍しいものってことなので、ミリーラの町で捕れた魚介類で作らせていただきました」

「どれも美味しそうね」

「そうですな」

「それではいただきましょう」

みんなで食べ始めます。

「他の場所で魚料理を食べたことはあるけど、このお店の料理はどれも美味しいわね」

「ええ、美味しいです。作ったのは先ほどのお嬢さんですよね」

「ユナちゃんがミリーラの町で見つけた料理人です」

「たしか、あのパンを作っていた女性もユナちゃんが王都から連れてきたのよね」

モリンさんのことです。王都で食べたモリンさんのパンは美味しかったです。もちろん、クリモニアで作っているパンも凄《すご》く美味しいです。

「ユナ殿は人を見る目がありますな」

「でも、王都から、あのパン職人が消えたのは痛手ね」

「2人とも王都に連れていきたいですな」

「ダメです！」

わたしは叫んでいました。

「フィナちゃん？」

「2人とも、お店には必要な人です。そんなことをしたら、みんなが困ります」

そして、ユナお姉ちゃんが困ります。

「申し訳ありません。フィナ殿、連れていきたい気持ちは本当ですが、そんなことはしません。しようものならユナ殿に嫌われてしまいます」

「そうね。ユナちゃんに嫌われたら、ノアやシアにも嫌われてしまうわ」

「それでユナ殿がお城に来なくなってしまったら、わたしが国王陛下やフローラ姫に恨まれてしまいます」

そう言うとエレローラ様とゼレフおじさんは笑いますが、お母さんとわたしは笑えません。

だって、国王陛下とかお姫様とか言われても、話が大きすぎます。

それから、焼き魚やイカやタコの炒め物を食べます。他にもいろいろな料理があるのですが、天ぷらが美味しいです。塩を軽くつけて食べてもいいし、醤油をかけても美味しいです。

昨日食べたモリンさんのパンも美味しかったですが、アンズお姉ちゃんが作った料理も美味しいです。

わたしたちは「くまさん食堂」をあとにします。

「今日はありがとうね」

明日には帰るのだそうです。なので、エレローラ様はこのあとはノア様と一緒にいることにしたそうです。

ゼレフおじさんは他のお店に食べに行くそうです。

まだ、食べるんですか!?　と驚きましたが、大きなお腹《なか》を見れば食べられるのも納得です。

翌日、「くまさんの憩いの店」に行くと、エレローラ様とゼレフおじさんが大量にパンを購入している姿がありました。

ノベルス版10巻 書店特典① クリモニアに行く エレローラ編

わたしとゼレフは王都に出すお店のことで話し合う。

お店では高級料理から、ユナちゃんが考えた料理まで出すことになっている。料理人はゼレフによって教育されていて、もちろん、ユナちゃんの料理のレシピはその者にしっかりと教えられている。

でも、ユナちゃんの話によると、ユナちゃんのお店には他にも料理がいろいろあるらしい。

「これは視察が必要ね」

「そうですな」

わたしの言葉にゼレフも頷く。

「そんなわけで、クリモニアに視察に行ってくるわ」

わたしはゼレフと話したことを国王陛下に話す。

「なにが、視察に行ってくるわ、だ」

国王陛下が「おまえ、何を言っているんだ。バカか?」的な顔をして、わたしを見ている。

「だって、ユナちゃんの料理をお店で出すなら、本物を食べたり、お店を見たりするのは必要でしょう？」

「本物もなにも、ユナが持ってきた料理なら食べただろう」

「お店の雰囲気も知ることは必要でしょう」

「必要ないだろう」

国王陛下は引き下がらない。

「あ～あ、娘と話がしたいな。誰かのせいで、前回は娘と話す時間が取れなかったのよね」

嫌味っぽく言ってみる。

「俺のせいじゃないだろう」

「後始末、大変だったのよね。久しぶりに仕事をしすぎな部下に休みを与えてもいいと思うんだけど」

わたしは国王陛下をチラッと見る。

国王陛下は面倒くさそうにして考え込む。そして、小さくため息を吐く。

「……分かった。だが、仕事だぞ。しっかり、ユナの店を見てこい。もちろん、報告書も提出してもらうぞ」

「ええ、そのぐらいいいわよ」

「ゼレフの奴も連れていけ」

「あら、いいの？」

「問題ない。ただし、期間は守れよ」

国王陛下は手を振って、出ていけと合図を送る。

わたしは礼を言って、部屋を出る。

さっそく、許可をもらえたことをゼレフに伝えると嬉しそうにする。

「滞在期間を増やしたいから、馬で行くわよ」

「馬ですか。くまゆる殿やくまきゅう殿なら、よかったのですが、仕方ありませんな」

ゼレフはシーリンの街から帰ってくるときも、馬車の中でくまゆるちゃんとくまきゅうちゃんの乗り心地のよさを話していた。娘たちも同じことを言っていた。今度、わたしも乗せてもらおうかしら。

「それで、しばらくクリモニアに帰ることになったから」

「お母様、ズルイ」

学園から帰ってきたシアにクリモニアに行くことを話した。

「お母様、先日もノアに会ったのでしょう？」

「会ったといっても、ほんとんど一緒にいられなかったわよ。あの馬鹿のせいで」

久しぶりに娘に会えたのに、ミサーナの誘拐《ゆうかい》事件とかいろいろとあったせいで、ノアと一緒にいる時間が取れなかった。

もっとも、あの馬鹿がいなくなったことはグランお爺ちゃんやクリフにとっても有難いことだ。

今後のことを考えれば、お安いものだと諦めている。

「わたしも学園をお休みして、クリモニアに行きたい」

「ダメよ。そんなことは許さないわよ。あなたはしっかり学園で勉強をしなさい」

「……うぅ、でも、今度は連れていってください」

シアは残念そうにするが、学園が休みでもないのに連れていくわけにはいかない。

夏になれば長期の休みがあるから、そのときに帰れば問題ない。

そして、わたしとゼレフは数人の護衛をつけて、クリモニアにやってきた。

「ここがクリモニアですか」

ゼレフは少し疲れた様子だ。馬に乗り慣れていないと疲れるはずだ。

「いいところよ」

まずは家に向かう。ノアに会えると思うと嬉しくなる。帰ることは伝えていないので、きっと驚いてくれるはず。楽しみだ。でも、同じく帰ることを知らされていないクリフには、文句を言われるかもしれない。

家に帰ると、メイドのララが驚いたように出迎えてくれた。

ゼレフや護衛の応対はララにお願いして、わたしは娘に会いにいく。

驚く顔が楽しみだ。ノアの部屋のドアを開ける。

「ノア、ただいま」

いきなりドアを開けて声をかけられたノアは驚いた表情でわたしを見ている。

想像通りの反応に嬉しくなる。

ノアはわたしのところに駆け寄ってくる。

「お母様!?」

「本当にお母様?」

「もしかして、母親の顔を忘れたの？　お母さん、悲しいわ」

泣いたふりをしてみる。

でも、娘の反応は違う。

「どうして、お母様がここにいるんです!?」

問い詰めてくる。そこは慌てる姿が見たかったわ。

「どうしてもなにも帰ってきたからに決まっているでしょう」

「もしかして、国王陛下にお暇を出されたのですか?」

ノアは悲しそうな表情をする。この子はいきなり何を言い出すのかしら。わたしはノアのおでこを指で小突く。

「お母様、痛いです。なにをするんですか！」

ノアはおでこを擦《こす》りながら文句を言う。

「あなたが馬鹿なことを言うからよ。ちょっと、仕事でクリモニアに戻ってきただけよ」

「仕事ですか？　お父様からは、お母様が帰ってくる話は聞いてませんよ」

「だって言ってないからね」

「ああ、俺も今知った」

後ろを振り向くと、ドアの前にクリフが立っていた。

「あら、クリフ。ただいま」

「おまえな、戻ってくるなら、先に連絡をよこせ」

クリフが呆《あき》れたように言う。

「だって、いきなり決まって急いで来たんですもの、連絡をする時間はなかったのよ。それに、自分の家に帰ってくるのに前もって連絡が必要なの？」

お母さん、悲しいわ。

「こっちも予定があるだけだ。仕事で来るなら、前もって連絡をよこせば、時間を作ることができる。それで、仕事とはなんだ？　俺に手伝えることか？」

「仕事は娘の驚いた顔を見ることね」

「お、か、あ、さ、ま」

ノアが頬《ほお》を膨らませる。

「あら、そんな怖い顔をしたら、可愛い顔が台無しよ」

わたしは膨れた顔をした娘の頬を左右にひっぱる。

あら、可愛い顔がさらに可愛くなったわ。

「おかあさま、いたいです」

「それで、本当に何しにきたんだ？」

クリフが呆れ顔で尋ねる。

「実は、王都のお店でユナちゃんの考えた料理を出すことになったのよ。それでゼレフと一緒にユナちゃんのお店を視察に来たのよ」

せっかちなクリフに説明する。

「ちょっと、待て。今、ゼレフと言わなかったか」

「言ったわよ。今頃、ララがお茶をいれているんじゃないかしら？」

わたしの言葉にクリフは頭を抱える。

「王宮料理長のゼレフ殿が、この家にいるのか⁉」

クリフは慌てるように部屋から出ていく。

あら、愛する妻より、ゼレフのほうが大切なのかしら？　少し寂しいわ。

「それじゃお母様、しばらくは一緒にいられるんですか？」

「ええ、数日間だけだけどね。前回のミサーナの誕生日パーティーのときは一緒にいられなかったからね」

わたしの言葉にノアは嬉しそうにする。

流石《さすが》、わたしの娘、可愛いわ。このまま、王都に連れていっちゃおうかしら。

「それじゃ、わたしがユナさんのお店に案内しますね」

「それは遠慮するわ」

「ど、どうしてですか⁉」

「だって、ノアはユナちゃんのお店に出入りしているんでしょう」

「はい、何度も行っていますから、詳しいです」

「それなら、余計に駄目ね。今回は一般人として視察するつもりなのよ」

わたしが貴族だと知られると、お店で働いている人に気を使わせることになり、いつものお店の雰囲気を見ることができない。それに店に食事に来ているお客の邪魔をすることになる。

「だから、ごめんね」

俯《うつむ》く娘の頭を撫《な》でる。

「お母様を案内したかったです」

「一緒に行くことはできないけど、ユナちゃんのお店の話を聞かせてもらえるかしら」

「はい！」

ノアは嬉しそうに返事をする。

ノベルス版10巻 書店特典② 母親と一緒に過ごす ノア編

お母様がゼレフ様を連れて王都から帰ってきました。

なんでも、ユナさんのお店の視察に来たそうです。わたしが案内すると言ったのですが、貴族と知られるとみんなを緊張させ、気を使わせてしまうので、貴族と知られないようにして行くそうです。

今は普通に話をしてくれるフィナも、初めて会ったときは緊張して話していました。お父様と他のお店に行ったときも、他のお客さんとの対応が違うことを感じることもあります。

だから、お母様の気持ちも分かるので、領主の娘であることを知られているわたしが、ユナさんのお店に一緒に行くことができませんでした。

そんなわけで、お母様が家に帰ってきたのに一緒にはいられませんでした。

昼食を終えたわたしはベッドに倒れこみます。

今頃、お母様はユナさんのお店でご飯を食べているかな。いや、食べ終わってる時間かもしれません。

わたしも一緒に行きたかったです。

わたしは手を伸ばしてベッドに置いてあるクマのぬいぐるみをつかみます。ユナさんにもらったぬいぐるみです。ベッドの上に2つのくまさんのぬいぐるみが置いてあります。黒いクマさんがくまゆるちゃん、白いクマさんがくまきゅうちゃんです。

わたしはくまゆるちゃんのぬいぐるみを抱きしめて、ベッドの上でゴロゴロしながらお母様のことを考えていると、部屋のドアがノックもされずに開きました。

「ノア、ただいま」

部屋に入ってきたのはお母様でした。

「ユナさんのお店の視察は終わったのですか？」

わたしは起き上がり、ベッドに腰かけます。

「ええ、いろいろと食べてきたわよ。どれも美味しいから、食べすぎちゃって、苦しいわ」

食べすぎて苦しいと言ってますが、満足気な顔をしています。

お母様はわたしの隣に腰掛けます。

「それにしても、ユナちゃんのお店は面白いわね。クマの置物があったり、仕事をする子供たちはクマの格好をしているし。視察に来て正解だったわね」

クマさんの置物は可愛いし、クマさんの服も可愛いです。そして、料理も美味しいです。

「国王陛下が見たら、絶対に笑ったわね。今度、連れてきたいわね」

国王陛下がクリモニアに？

でも、お母様なら、本当に連れてきそうで怖いです。もし、そんなことになったらお父様は倒れてしまうかもしれません。

「それにしても食べすぎて、苦しいわ」

お母様は、そう言ってベッドに倒れます。

「お母様、だらしないですよ」

「うぅ、苦しむ母親を娘が苛《いじ》めるわ」

お母様が目に手を当てて、泣き真似をします。

「ただの食べすぎでしょう」

普段はしっかりしているお母様は、たまにだらしなくなることがあります。どっちのお母様も好きですが、このときのお母様は変に絡んでくることが多いから困ります。

「それにしても可愛いものを抱いているのね？」

お母様がわたしの抱いているくまゆるちゃんのぬいぐるみを見ます。

「こ、これは！」

わたしは慌てて隠そうとしましたが、もう遅いです。

「別に隠さなくてもいいわよ。ミサーナの誕生日パーティーのときに欲しがっていたでしょう」

「そうですけど、少し恥ずかしいです」

「ユナちゃん。ちゃんとプレゼントしてくれて、よかったわね。お礼は言った？」

「はい、言いました。でも、もっと欲しいから、買いますって言ったんですが、ダメでした」

できれば、もう5個ずつぐらいは欲しかったです。

「ふふ、そのぬいぐるみは大切なんでしょう？」

「はい、だから予備も欲しかったんです」

「それは違うわよ。同じものが何個もあったら、それは大切なものではなくなるわ。代わりがないから大切にする。数が多くなれば、あなたの心の中での大切さは下がるわよ。予備があるから乱暴に扱っても大丈夫。予備があるから汚れても大丈夫ってね」

「そんなことは……」

「ないとはいえないわよ。数が増えれば、使っていないものはホコリを被ってしまうかもしれない。だから、ユナちゃんがプレゼントしてくれた、たった一つのこのぬいぐるみを大切にしてあげなさい」

お母様はわたしが抱きしめているくまゆるちゃんのぬいぐるみの頭を撫《な》でます。

「はい、分かりました」

もちろん、大切にします。わたしはくまゆるちゃんのぬいぐるみを改めて抱きしめます。

「それにしてもよくできているわね」

お母様はベッドにあるくまきゅうちゃんのぬいぐるみを手に取ります。

わたしもよくできてると思います。だから、同じぬいぐるみでなく、今度は本物のくまゆるちゃんと同じ大きさのぬいぐるみをお願いしたいです。

それから、お母様といろいろなお話をしました。お姉様のお話や自分のお話をしてくれます。

お姉様にも、また会いたいな。

お話をしている途中で、急にお母様が立ち上がります。

「あら、あれは？」

お母様が部屋の棚を見ます。そして、棚に向かって歩きだします。手を伸ばして棚にあるものを手にします。お母様が手にしたのは、わたしがユナさんにもらったクマさんの置物です。わたしがお店の前にある大きなクマさんの置物が欲しいと言ったら、お店のテーブルに飾ってあるクマさんと同じ大きさのクマさんをプレゼントしてくれました。

「ノア。これ、わたしにちょうだい」

「だ、ダメです。わたしがユナさんからもらったんです。大切な宝物です。お母様のお願いでも差し上げられません」

わたしはお母様に近寄り、取り戻そうとしますが、上に上げられてしまい、手が届きません。

「お母様、返してください」

「もう少し見せて」

「うぅ、少しだけですよ」

わたしは諦めて承諾します。

「それにしても、可愛いクマさんね。お店にもあったわね」

「わたしが庭に大きなクマさんを作ってほしいってお願いしたら、これで我慢してって言われました。本当は大きなのが欲しかったです」

わたしが説明すると、お母様がクマさんの置物を返してくれます。

「ふふ、そんな大きなクマさんを庭に置いたら、クリフが頭を抱えるわよ」

お母様は笑います。

確かにお父様に叱られたかもしれません。

でも、部屋に置けるぐらいの大きさのクマさんは欲しかったです。

「ねえ、ノア」

「なんですか?」

この顔がお願いするときの顔です。

「何度お願いされても、あげませんよ」

「もう、欲しいなんて言わないわよ。少しだけ貸してもらえない?」

「貸す?」

「ちょっと、面白いことを思いついてね。王都のお店にも同じようなものを置こうと思って」

お母様はイタズラを思いついた顔をしています。

この顔をしたお母様には逆らうことができません。

「でも、王都の職人に頼むにしても、実物がないと作れないでしょう。さすがに今から連れてくるわけにいかないし、ユナちゃん本人にお願いしても作ってくれないと思うし。だから、このクマさんの置物を参考にして作らせようと思うの」

王都にクマさんの置物を置いたお店。

「それ、いいです。でも……」

だからといって、わたしの大切なものを渡すのは……。わたしは手に握っているクマさんの置物を見ます。

「壊したりしないからね、お願い」

お母様が手を合わせてお願いする。

「う〜、絶対に無くしたり、壊したりしないでくださいね」

わたしはクマさんの置物をお母様に渡します。

「ありがとう。絶対になくしたり、傷をつけたりはしないわ」

少し心配ですが、王都にクマさんが広まるのはいいことです。

そして、視察を終えたお母様は数日後には王都に帰っていきました。

久しぶりにお母様とお話ができて、嬉しかったです。

ノベルス版10巻 書店特典③ 絵本のことを知る フィナ編

ニーフさんが買い物に行き、院長先生とお母さんがお話をしている間、わたしは小さい子たちのお世話をすることになりました。

「それじゃ、なにをして遊ぼうか?」

ミラちゃんを含む3人に尋ねる。

「うんとね。えほん、よんで」

「絵本? いいよ」

わたしがそう言うとミラちゃんは絵本が置いてある棚に行き、絵本を選びます。

絵本を読むのは文字の勉強になるのでいいことだとユナお姉ちゃんは言っていました。

絵本は今までにも何度も読んであげています。今日はいったいどんな絵本でしょうか。

絵本を選んだミラちゃんが戻ってきて、わたしの隣に座ります。

わたしは絵本を受け取ります。

絵本の表紙には可愛らしい女の子の絵とくまさんが描かれていました。タイトルは「くまさんと少女」。この絵本を見るのは初めてです。

女の子は大きなリボンをしています。誰かに似ているような気はしますが、わたしは気にせずに絵本を開きます。

絵本はとある女の子のお話のようです。女の子の母親は病気で寝込んでいて、お父さんもいませんでした。

わたしの家と同じです。でも、孤児院のみんなはお父さんもお母さんもいません。

悲しい絵本なのでしょうか？

わたしは続きを読んであげる。

女の子はお母さんの薬になる薬草を求めて森に行きます。

どこかで聞いたことがあるお話です。

「フィナおねえちゃん、はやくぅ」

わたしが考えているとミラちゃんがわたしの腕を揺らす。

「ああ、ごめんね」

わたしは絵本のページを捲る。

女の子がウルフに襲われます。女の子は逃げようと走りますが、逃げられません。

うぅ、女の子はどうなってしまうのでしょうか。

次のページを捲《めく》ると、女の子の前にくまさんが現れます。くまさんはウルフを倒し、女の子を助けてくれます。

よかったです。

でも、同じような話をわたしは知っているような気がします。

なんだったかな？

女の子はくまさんに薬草のことを話します。

すると、くまさんは女の子を背中に乗せて、薬草がある場所に連れていってくれます。

女の子は無事に薬草を手に入れることができました。

よかった。でも、くまさんは女の子を街まで送ると森に帰っていきます。

ここでくまさんと別れちゃうの？

少し寂しいです。

でも、手に入れた薬草でお母さんの薬を作ることができました。

ここで話が終わりました。

女の子が可哀想でしたが、くまさんと出会って、薬草を手に入れることができたのはよかったです。

ただ、くまさんとのお別れは寂しいです。

わたしももし、ユナお姉ちゃんとお別れするようなことになったらと思うと悲しい気持ちになります。

絵本を読み終わると、ミラちゃんが新しい絵本を渡してくれます。

表紙を見ると「くまさんと女の子　2巻」と書かれていました。

続きがあるんですね。

わたしは絵本のページを捲る。

女の子のお母さんは薬草で作った薬のおかげで少しだけよくなりましたが、病気が治ったわけではありまんでした。

うぅ、昔のお母さんを思い出します。お母さんも病気で薬を飲んでも治りませんでした。

女の子はそんなお母さんを看病します。女の子の気持ちが凄《すご》くわかります。

くまさんのおかげで薬草は安全に手に入ることができるようになりました。

くまさん、優しいです。

そんな中、女の子はどんな病気でも治してくれるお花の話を聞きました。なんでも虹色に輝く花の雫《しずく》を飲むと病気を治してくるそうです。

そんな花があったらお母さんの病気もすぐに治ったかもしれません。

女の子はその花がどこにあるかいろいろな人に話を聞きます。でも、いろいろな人が探したそうですが、花は見つけられなかったそうです。

もしかして、女の子が一人で花を探しに行くのでしょうか？

そんなことになったらお母さんはどうなってしまうのでしょうか？

そんな不安な気持ちでページを捲ります。

女の子のお母さんの病気が悪化しました。苦しそうにしています。女の子が花を探しに行ってしまうのか不安になります。

女の子がくまさんに相談します。女の子は小瓶を出して、くまさんに病気が治るお花の話をします。

もしかして、くまさんと一緒に行っちゃうの？

心の中でお母さんと妹を残して、行っちゃダメという気持ちと、病気が治る薬を手に入れてほしいという両方の気持ちになります。

わたしはミラちゃんたちに聞かせながら続きが気になる。

次のページを捲ると、わたしの想像と違いました。

女の子の前からくまさんが消えてしまったのです。

女の子が森に向かって「くまさん、くまさん」と叫ぶけど、くまさんは現れません。

それでも、女の子はくまさんに会うために毎日森に行きます。晴れのときも雨のときもくまさんを待ちます。

そんな女の子の様子を見ると悲しくなります。絵本の中の女の子も悲しそうにしています。

くまさんはどこに行ったのでしょうか？

女の子はお母さんの面倒を見ながら、くまさんに会いに毎日森に行きます。どんどん、女の子は疲れていきます。女の子は生きるのを諦めてしまいそうになります。

ダメです。そんな気持ちになります。

だけど、森に行った女の子にウルフが襲ってきます。

絶望しかない。こんな悲しいお話はダメです。

だけど次のページを捲ると、くまさんが描かれていました。

くまさんがウルフを倒し、女の子を救いました。

女の子は「くまさん、くまさん」と何度も叫び、くまさんに抱きつきます。

くまさんと女の子の再会に嬉しくなります。

よかった。

でも、くまさんの体には傷がついていました。

なにがあったのでしょうか?

そして、女の子が泣きやむと、くまさんは小瓶を女の子に差し出します。その中には虹色の液体が入っていました。

くまさんは女の子のために話を聞いた虹色の花の雫を取りに行っていたみたいです。

だから、体が傷ついていたんですね。それだけ、手に入れるのが大変だったのかもしれません。

女の子はその小瓶を持ってお母さんのところに向かいます。

女の子は小瓶の蓋《ふた》を外し、中に入っている液体をお母さんに飲ませます。すると、顔色が悪かったお母さんの顔色がよくなります。

よかった。

絵本の2巻めが読み終わりました。

始めは悲しいお話でしたが、最後はくまさんと再会して、お母さんの病気が治りました。

心が温まる話でした。

「このおんなのこ、フィナおねえちゃんに、にているね」

読み終わると、ミラちゃんがそんなことを言い出します。

改めてみると、女の子は頭に大きなリボンをしています。わたしは自分の頭についているリボンに触れます。

わたしは1巻から絵本の内容を思い返して、徐々に理解しました。

お母さんが病気。女の子が森に薬草を取りに行く。くまさんが助けてくれる。

この絵本には、ユナお姉ちゃんとわたしの出会いが描かれています。2巻の内容もユナお姉ちゃんとわたしの話に近いです。

お母さんの病気がとても悪くなって、それをユナお姉ちゃんが助けてくれました。

絵本と自分を照らし合わせていくと、徐々に恥ずかしくなってきます。

どうして、この絵本にはこんなに詳しく、わたしのことが描かれているの？

「えっと、この絵本はどうしたの？」

「くまのおねえちゃんからもらったの」

「クマのお姉ちゃん……」

子供たちがクマのお姉ちゃんと呼ぶのは一人しかいません。

ユナお姉ちゃんです！

絵本の裏を見ると、作者名がクマと書かれていました。

間違いなく、この絵本を描いたのはユナお姉ちゃんです。
ユナお姉ちゃんが戻ってきたら、問い詰めないといけません。

ノベルス版10巻 書店特典④　クマさん、キノコ採りに行く

寄生樹を倒し、神聖樹は本来の姿を取り戻した。

ムムルートさん、サーニャさん、アルトゥムさんからは何度もお礼を言われた。

サーニャさんの役目は終わったけど、今後について話すことや、やることがあるらしい。

そして、わたしのクマの転移門を知ったことで、急いで帰らなくてもよくなったこともあるので、しばらく残ることになった。今朝もムムルートさんやアルトゥルさん、サーニャさんは忙しく出かけていった。

わたしはサーニャさんが戻るまで時間ができたので、ルイミンとルッカを連れて森にキノコや山菜を採りに行くことになった。

くまゆるとくまきゅう、それからルイミン、ルッカと森にやってきた。わたしはくまゆるとくまきゅうのほうを見る。

「黒いくまさん、可愛いな」「くまゆるっていうんだよ」「それじゃ、こっちの白いくまさんは？」「えっと、たしかくまきゅう」「くまゆるちゃんとくまきゅうちゃんだね」

くまゆるとくまきゅうの周りには4人の子供たちが集まって、楽しそうに歩いている姿

がある。その中にはルッカの姿もある。

わたしがルイミンとルッカと一緒に村の中を歩いていたら、子供たちに捕まったのだ。その原因はわたしでなく、くまゆるとくまきゅうが一緒にいたためだった。ルッカにお願いされて召喚して、そのまま村の外に向かうところだった。

そして、ルッカが村の外へ行くことを話したら、子供たちもついていきたいと言い出した。わたしは「魔物がいるかもしれないから、危ないからダメだよ」と注意したが、近くを通ったラビラタが「ユナがいるなら大丈夫だろう」と言い「俺たちも森を見回ることになっている」と言って、許可を出してしまったのだ。

そんなわけで、わたしはエルフの子供たちを連れて森に来ている。

なんだか、保育士さんになった気分だ。

わたしは子供たちの案内でキノコや山菜が採れるという場所にやってくる。

「それじゃ、わたしたちが採ってきますから、ユナさんはここにいてください。一応、くまゆるちゃんとくまきゅうちゃんは一緒に来てもらえると助かります」

キノコや山菜などの知識がないわたしは、ルイミンの言葉に素直に従う。くまゆるとくまきゅうが側にいれば危険もないだろう。

「くまゆる、くまきゅう、みんなをお願いね。」

「「くぅ〜ん」」

「みんなもわたしやくまゆるちゃんたちからあまり離れちゃダメだからね」

ルイミンの言葉に子供たちは返事をする。そしてルイミンが「誰が一番集められるか競争ね」と言うと、子供たちは一斉に森の中へ駆け出す。

元気だね。

引きこもりのわたしと違って、子供たちは庭のように森の中を走っていく。若いって凄《すご》いね。

わたしは探知スキルで確認しながら、くまゆるとくまきゅうには遠くに行くような子がいたら、連れ戻すように言っておく。

しばらく待っていると、子供たちが戻ってくる。

「お姉ちゃん、見つけたよ」「僕なんて、こんな大きなの見つけたよ」「わたし、これ見つけちゃった」「僕はこんなに見つけたよ」「すげええ」

などと言いながら、わたしのところにキノコや山菜、果物を持ってくる。わたしの前には子供たちが見つけてきたキノコや山菜が山積みになっていく。

でも、なかには見たことのないものもある。毒があったりはしないよね？

「ルイミン。一応、確認だけど。食べられるんだよね？」

「はい、どれも食べられますよ。わたしたちは森の中で育っていますから、小さいときから両親に教わるんです。だから、食べられるものと毒があるものとの区別はできますから、安心してください」

逆に言えば、毒にも詳しいってことになる。エルフたちに嫌われるようなことをするのは絶対にやめよう。

そして、ルイミンがどんなふうに食べると美味しいか教えてくれる。

「これは焼くと美味しいですよ。こっちは野菜と炒めると美味しいですよ」

炊き込みご飯や鍋ものにしてもいいよね。ピザに入れてキノコピザも作れそうだ。帰ったら作ってみようかな。

キノコや山菜を集めた後は、みんなでくまゆるとくまきゅうと一緒に遊ぶことになったので、草原に移動する。

くまゆるとくまきゅうの上に子供たちが登り始める。取り合いのようになる。

わたしが注意をしようとしたら、ルイミンが駆け出す。

「ああ、みんな。そんなに乗ったら、くまゆるちゃんとくまきゅうちゃんが可哀想だよ。乗るなら順番だよ。みんなだって、何人も背中に乗られたら嫌でしょう」

くまゆるとくまきゅうに乗りたがる子供たちにルイミンが注意をする。

「順番を守らないと、乗せないよ」

子供たちのお世話をしていると、ルイミンがしっかりしたお姉さんに見えるから不思議だ。

まあ、実際にルッカの姉だから、お姉さんで合っているんだけど、しっかりしているルイミンは違和感ある。

くまゆるとくまきゅうは子供たちを乗せて草原を走る。みんな楽しそうにしている。少し離れた位置にある木を回って、戻ってくると、他の子に代わる。

「楽しそうだね」

「みんな、くまゆるちゃんとくまきゅうに乗れて嬉しいんですよ」

一度乗った子も、順番待ちをする。

「くまゆるちゃんとくまきゅうちゃんは大丈夫ですか？」

「速度も出ていないし、距離も短いから大丈夫だよ。でも、ある程度遊んだら休ませてもらえると嬉しいかな」

くまゆるとくまきゅうは長距離を走り続けることができる。だから、少し離れた木を何周かするぐらい大丈夫なはずだ。それに子供を乗せているので、それほど速度は出していない。

「はい、わかりました。何周かしたら、休ませてあげますね」

ルイミンは子供たちのところに戻っていく。

わたしはくまゆるとくまきゅうと遊ぶ子供たちの姿を眺める。

やっぱり、子供たちが元気に楽しそうに遊ぶ姿はいい。引きこもっているのはよくないからね。

なにか、自分で言っていて胸が痛くなる。元引きこもりのわたしに言う資格はないよね。

しばらくすると子供たちは遊び疲れたのか、わたしのところにやってくる。

「お腹空いた」

確かにお昼ごはんの時間は過ぎている。

キノコ採りをして、くまゆるとくまきゅうと遊んでいたら、時間があっという間に過ぎていた。

「それじゃ、村に一度戻りますか？」

「う〜ん、せっかくだから、さっき採ったキノコや果物で昼食にしようか」

わたしがそう言うと子供たちは嬉しそうにする。わたしはクマボックスから調理道具を出し、採ってきたキノコを使った料理を作る。といっても簡単な料理だ。

ルイミンに聞いて、そのまま焼いても美味しいキノコは肉と野菜と一緒に串に刺して焼く。

それからキノコを食べやすいサイズに切って、肉と野菜と一緒に料理をする。もちろん、味付けは醬油だ。

醬油の香ばしい匂いがする。

「美味しそうです」

調理を見ていたルイミンがそんな感想を言う。

「ルイミン、焼けた串焼きを順番に渡してあげて、そして、どんどん焼いていくよ」

「はい」

ルイミンは子供たちに焼き上がった串焼きを渡していく。わたしはキノコが入った肉野菜炒めをパンに挟んで、子供たちに渡していく。

子供たちは美味しそうに食べる。
子供たちはパンを手に取り、串焼きを手に取り、どんどん食べていく。
採ったばかりのキノコは、みんな子供たちのお腹の中に消えていった。
お昼を食べたわたしたちは、改めてキノコを探すことになった。

ノベルス版10巻 書店特典⑤　クマフォンを使う　ルイミン編

ユナさんとお姉ちゃんが不思議な扉を使って帰っていきました。

わたしは一人で神聖樹のところにやってきて、神聖樹を見上げます。とても綺麗な木。大きく、この森全体を守ってくれている、エルフにとって大切な木。

その神聖樹は寄生樹にとりつかれ、大変なことになりました。でも、結界に綻《ほころ》びが出て、魔物が結界内に入り込んでしまいました。

神聖樹がとりつかれたところは見てませんが、お爺ちゃんたちの話を聞くと大変だったみたいです。お爺ちゃん、お父さん、お姉ちゃんの3人でも無理だったことをユナさん一人で倒してしまったのです。

さらに寄生樹に寄生されたことで、神聖樹の結界の中に入れなくなり、大変だったと言っていました。だけど、ユナさんだけが入れるという不思議なことが起こりました。

その後、新しい結界を張り直しても、ユナさんは結界の中に入ることができました。このことに関してはお爺ちゃんでも分からないそうです。

いろいろあって、わたしは王都に行っているお姉ちゃんの代わりに結界の中に入れるようになりました。今回のように緊急事態になったとき、村に結界を張り直すことができる者がいないと困ると考えたみたいです。どうしてわたしなのかと思ったのですが、村の長であるお爺ちゃんの孫ってだけです。

あと、お爺ちゃんが言うにはユナさんの秘密を知っているわたしが最適だそうです。

その秘密の一つとして、わたしはユナさんから遠くの人と話ができる魔道具をもらいました。名前は「くまふぉん」。「くまふぉん」は可愛いクマさんの形をしている、見た目は可愛いクマの置物です。この可愛い形をしたものが遠くにいるユナさんとお話ができる魔道具です。こんな凄《すご》い魔道具をわたしが持っていていいのかな？

わたしはアイテム袋から「くまふぉん」を取り出してみました。

ユナさんが帰ってからは、まだ一度も「くまふぉん」を確かめていません。本当に使えるのかユナさんが帰ってから不安になります。前に確かめたときは同じ建物内の一階と二階の短い距離でした。でも、ユナさんは王都より遠い場所にいます。たしか、クリモニアとかいう名前の街です。

王都でも遠いのに、さらに遠くにいるユナさんと会話ができるのかと信じられないです。日がたつにつれ徐々に不安になってきます。

わたしは「くまふぉん」を握り締めて、誰もいないことを確認します。「くまふぉん」

を使っているところは他の人に知られたら駄目だからです。

わたしは「くまふぉん」を両手で握り締め、目を瞑《つぶ》り、魔力を流し、ユナさんを思い浮かべます。

ユナさん、ユナさん。

これで遠くにいるユナさんとお話ができるようになるはずです。

しばらくすると「くまふぉん」から、『もしもし？』とユナさんの声がしました。

「る、るいみんです。ユナさんですか？」

わたしは手のひらにのせたクマさんの形の置物に話しかけます。

『ルイミン？　どうしたの？』

間違いなくユナさんの声です。本当にユナさんとお話ができます。

「その、そっちはどうですか？」

とくに用があったわけじゃなく、連絡をしてしまったので、慌ててユナさんのことを尋ねます。

『こっちは街に戻って、のんびりしているよ。そっちは大丈夫？　魔物とか、その後の神聖樹とか』

「あ、はい。大丈夫です。あれから魔物は結界内に入ってこなくなりました。それに結界の外でも魔物の姿はほとんど見ません。お爺ちゃんが言うには神聖樹にとりついていた寄生樹が魔物を呼び寄せていたから、その寄生樹が取り除かれたので、魔物も来なくなったと言っていました。これもユナさんのおかげだって」

エルフの村にユナさんと一緒に行くことになったとき、わたしが守ってあげるとか言った自分を思い出すと恥ずかしくなります。あのとき、お姉ちゃんもユナさんも笑っていたんだと思う。強いなら強いて言ってほしかったです。

『そんなことないよ』

でも、「くまふぉん」からは、威張ることも、自慢げに言う言葉も出てきません。優しい人です。わたしの腕輪を取り戻してくれたときも、「よかったね」と嬉しそうに言ってくれました。

わたしとお姉ちゃんがユナさんになにかお礼したいと言っても、「いらないよ」と言い、お礼は受け取ってくれませんでした。

『それで、なにかあって、連絡をくれたの？　サーニャさんに伝えたいことでもある？』

「いえ、そのごめんなさい。とくに話すことはなかったのですが、この『くまふぉん』が本当に遠くにいるユナさんとお話しができるか不安になって……、ごめんなさい」

わたしが謝罪すると、ユナさんが明るい声が聞こえてくる。

『そんなことは気にしないでいいよ。まあ、これで話すことができたから、心配はいらないでしょう』

「はい」

わたしの不安を拭《ぬぐ》い去ってくれます。本当に優しい人です。

『そういえば、神聖樹のお茶は作っているの？』

「その、まだです。やっと、村が落ち着いてきたので、これから作ることになっています」

よくわからないのですが、ユナさんと寄生樹との戦いで神聖樹の葉が落ちてしまったそうです。しかも、その量はとてつもなく多かったです。なのに目の前の神聖樹の葉は生《お》い茂《しげ》っています。

お爺ちゃんたちはユナさんが何かをしたみたいだと言っていましたが、謎です。

『まあ、そうだよね。あれだけのことがあれば、お茶なんて作っている場合じゃないよね』

「でも、一気に全部は作らないそうです。あの量を一気に作ると、村の人が驚くので、少しずつ作るとお爺ちゃんは言ってました」

わたしが神聖樹の結界を張り直すときに、お爺ちゃんとお父さんから話を聞きました。

『うぅ、たしかにそうだね』

『くまふぉん』から、ユナさんの納得の声が聞こえてきます。

「ああ、でも、前に作った茶葉はありますから、欲しいならお渡しすることはできますよ」

そしたら、ユナさん、来てくれるかな？

『まだ、残っているから大丈夫だよ』

それは残念です。なければユナさんが来てくれたのに。

『でも、新しいのができたら、教えてね。そしたら、取りに行くから』

ユナさんは簡単に言います。本当なら、簡単に取りにくることはできません。でも、ユナさんには不思議な扉の魔道具があるので、簡単にやってくることができます。

『あと、キノコとかも欲しいから、採りに行くかも?』

「はい。いつでも、いいですよ。もし、連絡をくれれば、わたしが前もって、採ってきます」

ユナさんのためなら、少しでも役に立ちたい。

『本当? そのときはお願いね』

「はい」

それから、わたしはユナさんといろいろなお話をしました。

わたしは「くまふぉん」から手を離す。本当に不思議な魔道具です。これだけで、遠くにいるユナさんとお話ができるんですから。

なくしたり、盗まれたりしたら大変なので、アイテム袋にしまっておきます。

ユナさんと話を終えたわたしは神聖樹から離れて、クマさんの形をした家に近づく。とっても、可愛い家です。

この家にはお世話になりました。この家の中には王都に移動できる扉があります。今度、ユナさんが住む街に行ってみたいです。

追放された商人は金の力で世界を救う

［著］駄犬
［イラスト］叶世べんち

勇者亡き後、世界を救うのは――金《カネ》!?
商人の非人道的魔王討伐が始まる!!

Sランク冒険パーティーの一員でありながら、不人気職“商人”のトラオは戦力として微妙な上に、金の使い込みがバレて「おまえはクビだ!」とパーティーを追放されてしまう。仕方なく金の使い込み先だった女子達と組んで魔王討伐を目指すトラオだが、その初仕事は全滅した旧パーティーの遺体から装備を回収するというもので……!? 「ずっと仲間だと思っていた」と言われても、今さら遅い――。

この本を読んでのご意見・ご感想・ファンレターをお待ちしております。
〒104-8357 東京都中央区京橋 3-5-7
（株）主婦と生活社 PASH! 文庫編集部
「くまなの先生」係

PASH!文庫

本書は2018年8月に小社より単行本として刊行されたものを文庫化したものです。
※この作品はフィクションであり、実在の人物・団体・法律・事件などとは一切関係ありません。

くまクマ熊ベアー 10

2024年5月12日 1刷発行

著　者　くまなの
イラスト　029
編集人　山口純平
発行人　殿塚郁夫
発行所　株式会社主婦と生活社
〒104-8357 東京都中央区京橋 3-5-7
[TEL] 03-3563-5315（編集） 03-3563-5121（販売）
03-3563-5125（生産）
[ホームページ]https://www.shufu.co.jp
製版所　株式会社二葉企画
印刷所　大日本印刷株式会社
製本所　株式会社若林製本工場
デザイン　ナルティス（原口恵理＋粟村佳苗）
フォーマットデザイン　ナルティス（原口恵理）
編　集　山口純平、染谷響介

ISBN978-4-391-16254-7